[美] 安德烈·艾席蒙 ——— 著　姚瑶 ——— 译

请以你的爱
找寻我

FIND
ME

André Aciman

外语教学与研究出版社
北京

雅众文化 出品

献给我的三个孩子

目 录

第一章　节　奏

为何如此忧郁？

在佛罗伦萨的车站，我看着她上了车。她轻轻推开玻璃门，一进车厢便东张西望，迅速将背包丢在了我旁边的空座上。她脱掉皮夹克，放下正在看的英文平装书，把一个白色的方形盒子放在行李架上，然后一屁股坐在了我的斜对面，一脸生人勿近的不耐烦，怒气冲冲的。她让我想起那种上车前刚刚吵过一架的人，仍苦恼于电话挂断前自己或对方撂下的狠话。她把红色牵引绳缠在拳头上，想把狗狗固定在两脚之间，可惜她的狗比她还要心神不宁。"宝娜，好姑娘。"她终于开了口，想让它冷静下来，"宝娜。"她重复道，可是狗狗仍旧坐立不安，试图逃脱她的掌控。狗的存在打扰到了我，所以我本能地拒绝给它腾地方，没有放下交叉的双腿，也没有挪位置。她似乎压根没注意到我，也没注意到我的肢体动作。更过分的是，她还自顾自翻起背包，从里面找出一个薄薄的塑料袋，摸出两块骨头状的小零食放在手心给狗狗，狗狗舔着，她看着。"很好[1]。"狗狗瞬间平静下来，她稍稍起身整理衬衫，调整了一下坐姿，随后瘫成一副烂醉如泥的厌世模样。火车渐渐驶出新圣母马利亚站，她无动于衷地盯着车窗外的佛罗伦萨。她还在酝酿某种情绪，或许根本没有意识到自己在摇头，一次，两次，显然还在腹诽登车前同她争执的那个人。在那个瞬间，她看上去是那么孤单惆怅，我正盯着摊开的书，却发觉自己挣扎着想要说些什么。在车厢最后面的这个小角落，一场风暴一触即发，哪怕只是为了让这场灾难的破坏力小一点，我也得说些什么。于是我反复斟酌起来，最好还是让她一个人静静，我继续看书就好。可我发现她在看我，于是冲口而出："为何如此忧郁？"

一开口我就意识到，在火车上的陌生人听来，这问题该有多不得体，更别提还是个稍一刺激就要爆炸的人。她的全部回应就是瞪着我，眼中流露出困惑与敌意，这目光预示了她即将说出的每一个字，肯定是要把我堵回去，让我安分守己。管好你自己的事，老家伙。或者：再说了，和你又有什么关系呢？她也可能扮个鬼脸，出言不逊：混蛋！

"不，不是忧郁，只是在想事情。"她说。

她温和甚至近乎悲伤的口吻有些出人意料，哪怕她说让我滚开都

1　原文为意大利语"brava"。

不会令我如此哑口无言。

"或许是思考让我看起来忧郁。"

"所以你想的其实都是开心事儿？"

"不，也不算开心。"她回答。

我笑了，没再说什么，已经后悔开那自以为是的浅薄玩笑。

"但是，终究还是算忧郁吧。"她补充道，用一声轻笑承认了这个事实。

我为自己的不得体而道歉。

"没必要。"她说道，已然浏览过窗外即将铺展开的乡村风光。我问她是美国人吗。她说是。"我也是。"我说。"能从你的口音听出来。"说完她又笑了一下。我解释说我已经在意大利生活了近三十年，但乡音无论如何也抹不去。我问了她的情况，她回答说她十二岁时就随父母来意大利定居了。

我们都要去罗马。"去工作？"我问。

"不，不是工作，是我爸爸，他状况不太好。"说着她抬起眼睛来看我，"这或许能解释我的忧郁，我猜。"

"严重吗？"

"我觉得严重。"

"很抱歉。"我说。

她耸了耸肩："人生嘛！"

随后又转换了语气："你呢？为公事还是找乐子？"

这个老套的嘲弄让我忍俊不禁，于是解释说我受邀去给大学生做一场讲座，但也要去见住在罗马的儿子，他会来车站接我。

"肯定是个甜心男孩咯。"

我看得出她是故意开玩笑，但我喜欢她不拘小节的轻松举止，她从郁郁寡欢滑向神采奕奕，并认定我也一样。她说话的语调和她随意的打扮很匹配：磨旧的登山靴，牛仔裤，素面朝天，半数扣子松开来，黑色T恤外套着一件褪色的红色格纹衬衫。但是，抛开随意的穿着，她有双绿色的眼睛和一对黑色的眉毛。她知道，我觉得她知道，她很可能知道我为什么会傻乎乎地对她的忧郁指手画脚。我能肯定，陌生人总是会找这样那样的借口来同她攀谈。这或许解释了她为何无论去哪儿都要表现出一副愤怒的模样，仿佛在说：你试都不试一下吗？

在她奚落完我的儿子后，交谈似乎要暂告一段落，对此我并不意外。是时候拿起我们各自的书来了，但她很快就转向我，开门见山地问："马上就要见到儿子了，你激动吗？"又来了，我觉得她可能是在逗我玩儿，可她的语气并不轻佻。她提起私人问题的方式，以及单刀直入跨越火车上陌生人间的屏障的行为，都让她瞬间充满某种诱惑力，足以令人打消疑虑，很对我胃口。或许她很想知道一个年龄是她的两倍的男人见到儿子前是怎样的心情，又或者她只是不想看书。她在等我回答："所以，你开心吗——或者很紧张？"

"不算紧张，或者，可能有那么一点。"我补充道，"家长总是害怕打扰到孩子，更别提是个讨人嫌的家长。"

"你觉得自己讨人嫌？"

我刚刚说出的话让她惊讶，因此吸引了她，正合我意。

"或许我是，但是，让我们面对现实吧，谁又不是呢？"

"我不觉得我爸爸讨厌。"

我是不是冒犯到她了？"那我收回那句话。"我说。

她看着我，莞尔一笑："别那么急嘛。"

她先是戳一戳你，然后径直钻通你的身体。这种方式让我想起了儿子——她比我儿子大一些，但两个人都有同样的能力，在争吵及和好的时候，总能召唤出我内心所有的狼狈，还有那些讳莫如深的小心思，并让这一切不翼而飞。

人们最初认识你时，你是个什么样的人呢？我想要问，你很搞笑，很亲和，很有趣吗，还是有一种郁郁寡欢、脾气不好的免疫血清在静脉中奔流，让你整个人阴云密布，遮蔽了那微笑和碧绿的眼眸，以及所有可能的欢声笑语？我很想知道——因为我说不准。

她的手机响起时，我正打算赞美她察言观色的超强能力。男朋友，肯定的！还能是什么。我已经惯于被手机时不时打断，和学生喝咖啡的时候，和同事谈话的时候，或者跟儿子聊天的时候，没有手机铃声突然闯入几乎是不可能的。被电话拯救，因电话沉默，为电话分心。

"嗨，老爸。"电话刚响她就立刻接了起来，我相信她是为了不让铃声吵到其他乘客，"都是这该死的火车啦。它停了，我不知道要停多久，但是应该不会超过两个小时。一会儿见。"那位父亲在问她什么，她说，"我当然记得，你这个老傻瓜，我怎么可能忘掉嘛。"他又问了别的什么，她回答道，"也记得。"悄然片刻，"我也是，很多很多。"

挂断电话后，她将手机扔回包里，仿佛是在说：我们不会再被打扰了。她给了我一个不安的微笑。"父母。"最终她说，意思是天下的父母都一样，不是吗？

但她旋即解释说："我每周末都见他——我是他的周末开心果——我的兄弟姐妹和家庭护理员在工作日的时候照顾他。"在我有机会开口前，她接着问，"所以，你会为了今天晚上的重要事件精心打扮吗？"

她谈及了我的穿着，方式还真是特别！"我看起来像精心打扮过吗？"我答道，开玩笑似的把话头递回给她，这样她就不会觉得我是在寻求赞美了吧。

"好吧，装饰手帕，熨烫平整的衬衫，没有领带，可是有袖扣？我会说你慎重考虑过。有点老派，但是很体面。"

我们都露出了微笑。

"你忘了这个。"我说着从上衣口袋里稍稍抽出一条彩色领带，又塞了回去。我想让她看出我幽默十足，可以拿自己开涮。

"正如我所料，"她说，"精心打扮！完全不像身着节日盛装的退休教授，但也差不离。所以，你俩在罗马都做些什么？"

她到底什么时候才能不开这种玩笑？还是说，我在问出最开始的那个问题时传达出某种讯息，让她觉得可以跟我如此随便？不过我不在意。"我们每隔五六个星期见一面。他一直住在罗马，但很快就会搬去巴黎。我已经开始想念他了。我很喜欢和他一起打发时光，我们什么也不做，真的，多数时候都在散步，虽然散步的路线到最后常常如出一辙：他的罗马，在音乐学院附近；我的罗马，我还是个年轻教师时曾住在那里。最后我们多半在阿曼多餐厅吃午饭。他忍受着我，也可能是在享受我的陪伴，我依然不是很清楚，或许两者兼而有之，不过我们把这些造访仪式化了：维多利亚大街、比尔西亚那大街、巴布伊诺大街，有时候我们也一直漫步到罗马新教徒墓园。这些地方就好似我们生命中的标记，我们把去这些地方戏称为守夜，就像虔诚的人会去街边的各种圣母马利亚像前祭拜一样，谁都不会忘记：午餐、散步、守夜。我很幸运，和他一起在罗马城漫步本身就是一种守夜。每到一个地方，你都会在无意间找回一段记忆——你自己的，其他人的，这个城市的。我喜欢黄昏时候的罗马，他则喜欢下午时分的。有很多次，我们随便到什么地方喝喝下午茶，只为了在夜幕降临前拖延一点时间，等到晚上，我们就去喝点酒。"

"就这样？"

"就这样。我们会为了我去马尔古塔大街走一走，为了他去比尔西亚那大街走一走——对我们两个人来说那些地方都是旧爱。"

"为过去的守夜而守夜？"火车上的这个年轻女人开玩笑道，"他结婚了吗？"

"没有。"

"他有恋人吗？"

"我不知道，我猜肯定有吧，但我真的很担心他。很久以前有过那么一个人，我也确实问过现在是不是有什么人，可他永远摇着头，说：'别问了，爸爸，别问了。'这就意味着没有人，或者人人皆可，而我也说不清哪种更糟糕。他曾经对我毫无保留。"

"我觉得他对你始终很坦诚。"

"从某些方面来说，确实。"

"我喜欢他，"坐在我斜对面的这个女孩说道，"或许是因为我和他很像吧。有时候人们反而会责怪我太过坦诚，太冒进，要是不这样吧，又怪我太保守，太寡言。"

"我觉得他和别人在一起时并不寡言，但我认为他并不开心。"

"我明白他的感受。"

"你的生活中难道没有恋人吗？"

"如果你知道的话。"

"什么？"我问道，疑问脱口而出，如同一声惊诧而悲哀的叹息。她能是什么意思呢——她的生活中并没有恋人存在，或者对象太多，又或者是她生命中的那个男人抛弃了她，给她带来了毁灭性打击，让她拿自己出气，或者把怨气发泄在一连串花花公子身上，又或者，人们是否轻轻松松地来了又走，来了又走，就像我担心自己的儿子也被这些人环绕——或者说，她就是那种在人们的生命中来无影、去无踪的人，不留一点痕迹或者信物。

"我甚至不知道我究竟喜不喜欢人类，更不用说爱上他们了。"

我能在他们俩身上看到一些共同点：同样的苦痛、冷漠，还有一颗受伤的心。

"你是不喜欢人类呢，还是你只是对他们感到厌倦，无论如何也想不起之前为何觉得他们很有趣？"

她忽然安静了，看上去吓了一跳，一言不发，眼睛直勾勾地盯着我。我又冒犯她了吗？"你是怎么知道的？"最终她问。这还是我头一回发现她认真起来，而且有点生气。我看得出她正在努力组织一些更为精确的言辞，准备拦截我对她私人生活的指手画脚。我真是一个字都不该说的。"我们顶多才见了十五分钟，可你却能了解我！你是怎么知道的？"紧接着她又说，"你一小时收多少钱？"

"免费招待，但是，如果我真的了解什么的话，只是因为，我觉得我们都是那样。还有，你很年轻，很漂亮，我能肯定，男人们一定对你趋之若鹜，所以并不是你想见别人而不得。"

我是不是又一次说错了话并且越界了？

为了收回不当的赞美，我又补充道："只是那些新人的魔力总是无法长久。我们只渴望那些无法拥有的人。是那些我们失去的人，或者从不知晓我们存在的人留下了他们的印记，而其他人很难激起回响。"

"马尔古塔小姐就是这样的吗？"她问。

我心想，这姑娘可真是睚眦必报。我很喜欢马尔古塔小姐这个称呼。这称呼投射出柔和而温驯，甚至有点荒唐可笑的光芒，映照出多年以前我们之间存在的一切。

"也许我永远都无法知晓吧。我们在一起的时间如此短暂，电光石火。"

"多久以前？"

我思索了片刻。

"我没脸说。"

"哦，说吧！"

"至少有二十年了，好吧，差不多三十年。"

"然后呢？"

"当时我还在罗马当老师，我们在一个派对上相识。她和别人在一起，我也和别人在一起，我们碰巧说上了话，相谈甚欢，谁都不愿停止。最后她和男朋友一起离开，我也很快和伴侣一起离开。我们甚至没有交换电话号码，但我没办法将她从脑海中驱赶出去，所以我给邀我去派对的朋友打了电话，问他是否有她的电话号码。这正是有意思的地方：一天前，她也给这位朋友打了电话，询问我的号码。'我听说你在找我。'当我终于打给她时，我这样说。我应该介绍一下自己，可我当时太紧张了，脑袋根本转不过来。

"她马上就认出了我的声音，也可能那位朋友已经提前跟她打过招呼。'我本打算给你打电话的。'她说。'但是你并没有打。'我回答。'嗯，我没打。'而后她又说了一句话，显示出她比我更有力量，让我心跳加速，因为我从未期待过那样的事情，那句话我永远无法忘怀。'所以，我们该怎么做？'她问。我们该怎么做？就这么一句话，我就知道我的人生被推出了既定轨道。在我认识的人里，从来没有谁对我说过这么坦率甚至疯狂的话。"

"我喜欢她。"

"怎么会不喜欢呢？她直言不讳，冒进，所以说我当时就必须做出决断。'我们一起吃个午饭吧。'我说。'因为吃晚饭有困难对吧？'她问。我喜欢她言语间大胆又含蓄的讽刺。'我们吃午饭吧——比如今天。'我说。'比如就今天。'我们双双笑起来，因为事情发展得太快了。午饭，当天，就在一小时之后。"

"她很可能会背叛自己的男朋友，这一点让你烦恼吗？"

"没有，我也在做同样的事情，但也没有困扰我。午饭吃了很久很久。她住在马尔古塔大街，我陪她散步回去，然后她又陪我走回了吃午餐的地方，之后我又把她送回家去。

"'明天？'我问道，仍旧不确定自己是否在推进这件事情。'当然了，明天。'一周之后就是圣诞节。星期二下午，我们做了件十足疯狂的事，买了两张机票，飞去了伦敦。"

"也太浪漫了！"

"一切都发生在电光石火之间，太快了，却又那么自然，我们谁都没觉得有必要同伴侣讨论一下这件事，或者容对方再想一想。我们就那么抛开了一切束缚。在那个时代，我们还是有所顾忌的。"

"你是说和今天不一样？"

"那我可就不知道了。"

"没错，我想你也不会知道。"

她的揶揄拐弯抹角，让我觉得我本该生点气才对。

可我却轻轻笑出声来。

她也笑出了声，但她笑的方式让我知道，她很清楚我不太诚恳。

"无论如何，这段插曲几天内就画上了句点。她回到了男友身边，我也回到女友身边。我们没有继续做朋友，但我参加了她的婚礼，最终也邀请他们光临我的婚礼。他们仍在一起，而我们已经分开。就是这样[1]。"

"你为什么让她回到男朋友身边？"

"为什么？或许是因为，我并没有完全被自己的感觉说服；又或者，我并没有为留下她而战斗，她也早就清楚我不会这么做；也可能我很想坠入爱河，但又害怕那不是爱，因此更喜欢我们俩在伦敦时不确定的状态，不愿直面自己对她的感情的欠缺；或许我更喜欢怀疑而非确知。所以，你每小时收多少钱？"

"讲得好！"

上次我像这样和别人聊天是什么时候？

"那就跟我说说你生命中的那个人吧。"我说，"我能肯定，此时此刻你眼前绝对浮现出了某个人的样子。"

---

1 原文为法语 "Voilà"，是一个用来化解尴尬的感叹词。

"浮现出某个人的样子，没错。"

"你们相处了多久？"我顿了片刻，"如果可以问的话。"

"可以问，也就短短四个月，"她说着耸了耸肩，"都不值得跟家里人提一嘴。"

"你喜欢他吗？"

"我很喜欢他。我们相处得不错。我们有很多共同喜好，但我们只是两个室友，假装共同生活。事实上我们并没有在一起。"

"这种描述还真是特别。两个室友，假装共同生活。有点难过啊。"

"确实很难过。同样让人难过的还有，在过去的几个月里，我一星期和他分享的心事还不如现在跟你共享的多。"

"或许你不是那种能够向人敞开心扉的人。"

"但我在跟你聊天。"

"我是个陌生人，和陌生人说心里话会更容易一些。"

"能够让我敞开心扉的只有我爸爸、帕夫洛娃蛋糕和我的狗，而这三者没有一个能够伴我良久。再说了，爸爸很讨厌我现在的男朋友。"

"对一个父亲来说不奇怪。"

"事实上，他很崇拜我的前男友。"

"那你呢？"

她微微一笑，显然已经准备好快速抛出一个带点幽默气息的答案。"不，我没有。"她思索片刻，"我的前男友想跟我结婚。我告诉他我不愿意。分手的时候他并没有大吵大闹，这让我很欣慰。然后，不到六个月吧，我就听说他结婚了。我气得要命。如果说我真的曾因爱情而受伤哭泣，那就是在听说他结婚的那一天，而他的结婚对象，是我们俩在一起时没完没了吐槽的对象。"

她沉默了。

"没有一点爱意，却还是嫉妒——你这人可太难取悦了。"最终我说。

她看了我一眼，其中暗含对我竟敢这样说她的责备，但也带有困惑的好奇，她想听我说更多。"我在火车上认识你，还不到一个小时，而你已经把我看透了。我喜欢，但我还是应该告诉你，我身上还有一个可怕的缺陷。"

"那现在该怎么办呢？"

我们俩都笑了。

"我从来不跟以前的恋人保持良好关系。很多人不愿焚烧桥梁，而我好像把它们炸得灰飞烟灭——很可能是因为它们原本也算不上什么桥梁。有时候，我把所有东西都留在他们的公寓里，拍拍屁股消失无踪。我讨厌打包、搬家的漫长过程，还有那些不可避免的总结大会，最后都会变成眼泪汪汪的恳求；而我最痛恨的是，有些人我们完全不想再同他睡在一张床上，也压根不想再让他们碰我们，却还要假借爱情之名来拖延时间。你说得对，我不知道自己为什么要同别人开始一段关系。新的关系带来满满的烦恼，再加上我还要容忍他们的生活习惯，他的鸟笼子的味道，他宝贝自己一摞一摞 CD 的样子。大半夜，老旧暖气片的声音总是把我吵醒，却从未搅扰他的好梦。他想关上窗子，我却喜欢开窗。我随手丢衣服，他则希望毛巾全都叠好收起来。他喜欢从牙膏管底部一点点整齐地往上挤，而我总是随手一挤，还总把盖子弄丢，他总能在抽水马桶后面的地板上把它找出来。遥控器有自己的地盘，牛奶应该靠近冷柜放好，但不能靠得太近，内衣和袜子属于这个抽屉而不是那个抽屉。

"我并不难取悦。其实我人挺好的，只是有点固执，但也只是表面而已。我能忍受任何人、任何事，至少能忍上一会儿。然后有一天，我心里突然就冒出了这个念头：我不想和这家伙在一起了，不想让他靠近我，我得走开。于是我便开始同这种感觉缠斗，然而，男人一旦感觉到了这一点，就会睁着小狗一样可怜巴巴的眼睛死缠烂打。真是烦死了，但凡让我瞧见这种表情，我肯定拔腿就走，找个别的人好上。

"男人啊！"最终她感叹了一声。大多数女人都希望能爱某个男人一辈子，哪怕她们很清楚自己不可能天长地久地爱下去，而"男人啊"这三个字仿佛概括了那个男人身上所有她们渴望忽略、学会忍耐、最终原谅的缺点。"我不想看到任何人受伤。"

她的脸上阴云密布。我真希望能触碰她的脸颊，轻轻地触碰。她对上了我的视线，我垂下眼帘。

我又一次注意到她的靴子。放浪形骸、野蛮不羁的靴子，仿佛跋涉过崎岖路途，收获了一副风雨侵蚀的老旧面孔，这意味着她很信任这双鞋，喜欢物尽其用，看重舒适度而非外表。她脚上厚实的海军蓝棉袜是男式袜子，不像是她自己的，更像是从她口中不再被爱的那个男人的抽屉里翻出来的，但是活像摩托车手比赛服的皮夹克却格外昂贵，很可能是普拉达的。她是不是匆匆忙忙从男朋友家冲出来，一把抓起手边的第一件衣服，仓促地说，我得去看爸爸，晚上再打给你？她还戴了一块男士手表，也是他的吗？抑或她就是偏爱男士手表？她身上的一切都散发着某种果敢、粗犷，而且不加雕饰的气息。我在她的袜子和牛仔裤裤脚管间的缝隙里捕捉到一小片皮肤——她有着极其光滑的脚踝。

"跟我说说你爸爸。"我说。

"我爸爸？他不太好，我们就要失去他了。他的病彻底改变了我以前对他的所有感觉。"然后她又打断自己的话，"你依然按小时收费吗？"

"如我所说，永不再见的陌生人之间比较容易推心置腹。"

"你这么觉得？"

"什么，在火车上推心置腹？"

"不是这个，是我们永远不会再见。"

"不然还有什么机会再见呢？"

"确实，确实如此。"

我们交换了一个微笑。

"所以继续说说你爸爸吧。"

"我一直在思考这件事。我对他的爱变了，那不再是一种自发的爱，而是一种焦虑、谨慎的家庭护理员的爱。这感觉不太好，但我们对彼此还是很坦诚，无论什么事我都不羞于告诉他。我妈妈大概二十年前离开了，之后我俩一直相依为命。他曾短暂地交过一个女朋友，但如今他一个人生活。有人过来照顾他，做饭，洗衣服，清扫并整理房间。今天是他的七十六岁生日，所以有蛋糕。"她说着指向行李架上那个白色的方盒子。这似乎让她有些尴尬，所以她才会在指着那个盒子时咯咯笑了两声。"他说他请了两个朋友一起吃午饭，但他们还没给他消息，而我猜他们恐怕不会出现，如今哪有人会出现呢？就连我的兄弟姐妹也不会去。在佛罗伦萨，我的住处附近有一家老商店，他很喜欢那里的泡芙，那会让他想起从前在佛罗伦萨教书的好时光。当然他不应该吃甜的，但是……"

她没必要讲完这个句子。

沉默在我们之间持续了片刻。我再一次捧起书来，深信我们的谈话到此结束，但很快，书还摊开着，我便开始遥望车窗外绵延起伏的托斯卡纳风光，思绪也随之飘忽不定。我心里渐渐生出了一种古怪而混乱的念头，假想她换了座位，此刻正坐在我身边。我知道我是在打瞌睡。

"你没在看书。"她说，然后发现可能打扰到了我，又补充道，"我也看不进去。"

"读累了，"我说，"没法集中精力。"

"有意思吗？"她盯着我的书的封面，最终问道。

"还不赖。多年后重读陀思妥耶夫斯基可能会让人比较抑郁。"

"为什么？"

"你读过陀思妥耶夫斯基吗？"

"读过，十五岁的时候我很崇拜他。"

"我也是。他看待人生的视角与青少年的一拍即合，苦痛烦恼，充满矛盾，还有满腔愤怒、怨憎、羞愧、爱、遗憾、悲伤、恨意，以及最能让人消除戒心的善意举动和自我牺牲——所有情绪参差不齐地挤在一起。十几岁时，陀思妥耶夫斯基是带我进入复杂心理学领域的引路人。我认为我是个无比混乱的家伙——而他所有的角色竟然都那么混乱，让我倍感亲切。我的感受是，比起弗洛伊德，或者任何精神病学家，一个人反而能从陀思妥耶夫斯基那里学到更多关于人类心理阴暗面的知识。"

她一言不发。

"我在看心理医生。"最终她说，语气里陡然生出某种抗议之情。

我又在无意中怠慢了她吗？

"我也是。"我附和道，或许是为了收回那可能看似无心的轻微怠慢。

我们盯着彼此。我喜欢她温暖而充满信任的微笑，笑意中展现出了某种柔弱与真诚，甚至可能是脆弱。难怪她生命中的男人无不对她趋之若鹜。当她挪开目光的那一刻，他们很清楚自己都失去了什么。她在问那些推心置腹的问题时，会用锐利的绿色眼睛凝视你，目光里没有丝毫退让，她面带微笑，懒洋洋的，对亲密关系有着不安的渴求，而她的凝视会瓦解每一个男人，一旦你在公共场合不小心将目光锁定在她身上，你知道，那就是你的命运了。此刻她正在这么做。她正让对方渴望亲密关系，让一切变得容易，仿佛你心中一直有一种渴望，渴望同他人建立亲密关系，渴望去分享，却意识到，只有同她在一起，你才能觉察出这种渴望的存在。我想搂住她，触碰她的手，任凭手指在她的额头逡巡。

"所以为什么看心理医生？"她问道，仿佛一直在琢磨这个问题，却全然不得要领，"如果我可以问的话。"她又补了一句，在夸张地模仿我说过的话时莞尔一笑。很显然，在同陌生人交谈时，她不太习惯用更柔软、更恰当的态度。我问她，为什么我说我在看心理医生会让她这么吃惊。

"因为你看起来很稳定，打扮得很精心。"

"不好说，可能是因为我发现，陀思妥耶夫斯基永远也无法填满青春期的空白区域。我曾经相信它们会在某个时刻被填满，而现在，我不太确定那些空白是否被填补过。我依然想搞清楚这个问题。我们中的某些人永远也无法进入人生的下一阶段。我们失去了前进的轨迹，于是只能滞留在开始的地方。"

"所以你才会重读陀思妥耶夫斯基？"

这个问题的倾向性让我微微一笑："或许是因为我不断尝试原路返回那个地点，返回我应当跳上渡轮、前往人生彼岸的那个地点，结果却游荡到错误的码头，或者说，运气不错，还搭上了错误的渡轮。这都是一个老男人的游戏罢了，你知道的。"

"你怎么看都不像一个搭错船的家伙，不是吗？"

她是在戏弄我吗？

"今天早上，在热那亚搭火车时我就在思考这件事，因为我突然想到，或许原本有那么一两条船，我应该跳上去，结果却没那么做。"

"为什么没那么做呢？"

我摇摇头，而后又耸耸肩，表示我也不知道，或者不想说。

"这难道不是最糟糕的情况吗？对那些原本可能发生却没有发生的事情，尽管我们已不再抱有希望，但它们仍然有可能发生。"

我看向她，眼神里恐怕充斥着浓浓的困惑："你是从哪儿学会这么想问题的？"

"我读过很多书。"说话的同时她投来了害羞的一瞥，"我很喜欢和你聊天。"她顿了片刻，"所以，你的婚姻是那条错误的船吗？"

这女人很聪明，也很美丽，并且思路蜿蜒曲折，我有时也这么思考。

"一开始，不是的，"我回答，"至少，我不愿那么看待它。然而，等到儿子去美国之后，我们之间好像什么也没剩下，分别似乎不可避免，而此前，儿子的全部童年不过就是一场事关分别的彩排。我们很少交谈，如果说话，说的仿佛也不是同一种语言。我们相敬如宾，彼此体贴，可是，即便共处一室，我们也都觉得异常孤单。我们坐在同一张餐桌边，却不一起吃饭，睡在同一张床上，却不一起睡觉，看同样的电视节目，去同一个城市旅行，共享一个瑜伽教练，因为同样的玩笑捧腹，却再也不是两个人一起。我们在拥挤的戏院里肩并肩坐着，却不再相互摩擦胳膊肘。有一段时间，当我在街上看见一对情侣相互亲吻或者拥抱时，竟然不明白他们为什么要亲吻。我们都很孤单——直到有一天，我们之中的一个人打碎了泡菜盘子。"

"泡菜盘子？"

"抱歉，伊迪丝·华顿[1]。她为了我最好的朋友离我而去，而那个人依然是我的朋友。讽刺的是，她喜欢上别人，我一点也不难过。"

"或许是因为，这也给了你自由，让你也能另觅良人。"

"我从没这样做过。我们仍旧是好朋友，我也知道她很担心我。"

"她有义务担心你吗？"

"没有。所以，为什么看心理医生？"我问道，想换个话题。

"我吗？因为孤独。我受不了自己一个人，也不想坐以待毙，等待孤独。看看我，我孤身一人在火车上，开开心心地带着书，离开一个我永远不会再爱的男人，选择同一个陌生人聊天。希望这么说没有冒犯你。"

---

1 伊迪丝·华顿（Edith Wharton, 1862—1937），美国小说家，她在作品《伊坦·弗洛美》中用一个易碎的泡菜盘子暗喻脆弱的关系。——编者注

我回给她一个微笑，我不介意。

"这些天里，我愿意同所有人讲话，我同邮递员讲话，只是为了闲聊，却从未告诉男朋友我的感受，我读了什么书，我想要什么，我讨厌什么。反正无论我说什么，他都听不进去，更不用说理解了。他毫无幽默感，我需要把每个梗都解释给他听才行。"

我们继续聊着，直到检票员来收车票。他看了看狗，抱怨狗如果不放在笼子里就不能带上车。

"那我应该怎么做？"她不耐烦地说，"把它扔掉，假装我是个瞎子，还是马上下车，错过我爸爸的七十六岁生日派对？那根本就不是什么真正的派对，而是他的最后一个生日，因为他马上就要死了。你告诉我。"

检票员祝福了她。

"同乐[1]。"她嘟囔了一句，而后转向自己的狗，"不要再让别人注意你了！"

我的手机响了。我想起身去车厢连接处接电话，但最终还是决定原地不动。手机铃声刺激了狗狗，此刻它正瞪着圆圆的大眼睛，惊诧地盯着我，仿佛想说：你现在也要接电话了？

"我儿子。"我用嘴型告诉姑娘，她对我笑了笑，没有多问，而是利用这个突如其来的打岔表示她要去洗手间。她把狗狗的牵引绳递给我，低声说："她不会给你添麻烦的。"

---

1 原文为意大利语"Anche a Lei"。

她站起来的时候我望着她，整段旅途之中，我第一次意识到，外形粗放的她并不是我先前以为的那样朴实无华，她一站起来就变得更有魅力了。我之前是否已经注意到了她的魅力，并试图将这个念头挥开呢？或者我真的有眼无珠？要是能让儿子看见我在她的陪伴下走下火车，那我一定非常开心。我知道我们会在去阿曼多餐厅的路上谈论她。我甚至能预见他如何开启这场对话：那么，跟我说说你在泰尔米尼火车站与之闲谈的那个模特一样的姑娘吧……

然而，就在我幻想他的反应时，这通电话改变了一切。他打来电话是要告诉我，今天无法同我见面。我伤心地叹了口气，为什么？今天他要接替一个生了病的钢琴家，在那不勒斯演出。他什么时候回来？他说明天。我特别喜欢听见他的声音。他弹什么曲子呢？莫扎特，全都是莫扎特。与此同时我的旅伴从洗手间回来，悄无声息地回到我对面坐下，身体前倾，表示打算在我挂断电话后继续聊天。我更为热烈地凝视她，是整段旅途中最为直接的一次，一部分原因是我忙着和电话里的人交谈，因此目光暧昧不明，坦诚且漫无目的，同时这也让我能够目不转睛地盯着那双眼眸，它们习惯了被凝视，喜欢被凝视，或许她永远也猜不到，我是否能找到勇气，用和她一样强烈的目光注视她，但在那一刻，在凝视中，我开始产生一丝极端的幻想，那就是在她的眼中，我的眼睛也同样美好。

显然是个老男人的幻想。

在我和儿子的对话中出现了一瞬间的空白。"可我一直指望能和你来一场长长的散步，所以才搭了早班火车。我是为你而来的，不是为了什么微不足道的演讲。"我很失望，但也同样清楚我有个听众，所以稍稍夸张的表现可能也是为了让她听见，而后我马上意识到，我抱怨得太多了，于是及时刹车，"不过我理解，真的理解。"坐在我斜对面的女孩朝我这边投来忧虑的一瞥，而后她耸耸肩，并不是为了表现她对我和儿子之间的状况漠不关心，而是想告诉我，或许是我自以为她想告诉我，让这个可怜的男孩子一个人静静——别让他觉得愧疚。在耸肩的同时，她又用左手做了个手势，示意我算了吧，过去吧。"那就明天？"我问。他会到酒店来接我吗？下午四点左右，他回答——白昼风光？"白昼风光。"我说。"守夜。"他说。"守夜。"我回应。

"你听见他说话了。"最后我转向她，问道。

"我听见你说话了。"

她又在奚落我，而且始终面带微笑。我心存一丝幻想，觉得她会靠近我，甚至已经想着要起身坐到我旁边来，把两只手都放到我的手中。是否这念头从她的脑海中一闪而过，而我捕捉到了她这么做的愿望，还是说，我因为心中有这个愿望，所以才想象出这一切？

"我很期待与他共进午餐。我想和他一起捧腹大笑，听他讲讲自己的生活、音乐会、工作。我甚至希望在他看到我之前先看见他，那他就能有时间见见你。"

"又不是世界末日，你明天不是会在白昼风光中看见他吗？"又来了，我从她的语气里听出了戏谑，但我很喜欢。

"讽刺，不过——"我本想说下去，但很快就改变了主意。

"讽刺，不过？"她问。她并不打算放手，不是吗？我心想。

我沉默片刻。

"讽刺的是，他今天不能来，我不难过。演讲之前我确实有很多事情要做，或许我可以在酒店休息一下，而不是像往常一样漫步全城，当我只为看望他而来时，我们都会那么做。"

"你又有什么可吃惊的呢？无论你们有多少交集，一起进行了多少次守夜，你们都过着截然不同的生活。"

我很中意她刚刚说出的话。这句话并没有揭示任何我尚不通晓的道埋，但它向我展现了深沉的体谅与关切，令我惊讶，这完全不像是一个怒火中烧地冲上火车，又怒气冲冲地坐下来的人会说出的话。

"你怎么知道这么多？"我盯着她问道，感觉多了些勇气。

她笑了。

"引用我曾经在火车上遇见的人说的话：人人莫不如是。"

看来她和我一样喜欢这句话。

罗马站近在咫尺，火车开始减速。几分钟后，它又提了点速。"等到车站以后我要打辆车走。"她说。

"我也是。"

结果她爸爸家离我住的酒店只有五分钟路程。他住在朗格塔维尔大街，而我则在加里波第大街，离我多年前的住处不过几步路远。

"那就一起打车吧。"她说。

罗马泰尔米尼火车站的广播传进耳畔，火车缓缓进站，我们举目张望，鳞次栉比的破败建筑和货仓渐次映入眼帘，墙上无不张贴着陈旧的巨幅广告，暗淡肮脏。这不是我热爱的那个罗马。目之所及令我心绪不宁，对于这次造访，这次演讲，以及回到老地方重温回忆（有些闪光的回忆，但大多平淡无奇）的可能性，我心中喜忧参半。忽然间，我定下心神，我要在当天晚上进行演讲，和老同事一起喝杯礼节性的鸡尾酒，找个借口躲开一贯的晚餐邀约，独自找些事情做，或者看个电影，在屋里一直待到第二天，等四点钟儿子到来。"我希望他们至少给我订了有大阳台的房间，让我能够俯瞰所有穹顶。"我说。我想要表明，我虽然接到了儿子的不速来电，但也知道如何从好的方面去看待一件事。"我会办理入住，洗洗手，找个好地方吃午餐，然后休息。"

"为什么？你不喜欢蛋糕吗？"她问。

"我很喜欢蛋糕。你能推荐一个吃饭的好地方吗？"

"当然。"

"哪里？"

"我爸爸家。来吃午饭吧，我们家离你的酒店简直不能更近了。"

我微微一笑，这心血来潮的建议真的打动了我。她是在为我感到难过。

"你真是太贴心了，但我真的不能去。你爸爸即将同自己最爱的人一起度过他最为珍惜的时刻，难道你想让我闯进他的派对？再说了，从亚当诞生开始，他就不认识我这号人。"

"可我认识你。"她说道，仿佛这样就能改变我的想法。

"你连我的名字都不知道。"

"你不是说了叫亚当吗？"

我们都哈哈大笑起来。"塞缪尔。"

"请一定要来。肯定会非常简单低调，我保证。"

可我还是不能接受。

"就说好吧。"

"不行。"

火车终于抵达终点。她抓起夹克和书，背上包，将牵引绳缠在手上，从行李架上取下白色盒子。"这就是蛋糕。"最后她说，"哦，就说好吧。"

我摇摇头，拒绝得恭敬而坚定。

"听听我的提议。我会在坎波菲奥里广场挑一条鱼和一些绿叶菜——我经常买鱼，做鱼，吃鱼，在你还没反应过来的时候，我就能在二十分钟之内搞定一顿惊艳的午餐。看到有新面孔到家里来，他一定会很开心。"

"是什么理由让你觉得我和他有话可说呢？场面可能会尴尬得一塌糊涂。再说了，你觉得他又会怎么想呢？"

她花了点时间才明白我的意思。

"他根本不会去琢磨的。"最后她说。

很显然，她压根没考虑过这个问题。

"再说了，"她补充道，"我已经不小了，而他年纪太大了，根本没力气深究什么。"

我们走下火车，踏上拥挤的站台，有片刻的沉默从我们之间流过。我不由自主地张望四周，仓皇而谨慎。或许儿子改了主意，打算给我个惊喜呢，然而站台上并没有人在等我。

"听着——"我突然意识到，"我还不知道你的名字——"

"米兰达。"

这名字击中了我。"听着，米兰达，你能邀请我真是太可爱了，只是——"

"我们只是在火车上相遇的陌生人，塞米，我知道交谈是廉价的。"她说，已经给我起了个昵称，"但我对你毫无保留，你也对我敞开了心扉。我觉得，能让自己毫无保留坦承一切的人，我俩都不认识多少吧。我们别把这一刻搞成火车上发生的老套桥段，将这次交集像一把雨伞或者被遗忘在某处的手套一样，就那么弃置在火车上。我知道，若是如此，我肯定会后悔。还有，你来的话会让我，米兰达，非常开心。"

我喜欢她说的话。

又出现了短暂的沉默。我并不是在踌躇不定，但我当即看出，她将我的沉默看作默许。在给爸爸打电话前，她问我有没有必要给什么人打个电话，或许不打电话也无妨。她说的"或许"二字触动了我，但我也不太确定为什么会被打动，以及这个"或许"究竟代表了什么。我不想主观臆断，结果最终证明自己想错了。这姑娘面面俱到，我思忖。我摇了摇头，我不需要给谁打电话。

"爸，我要带个客人来。"她冲着电话大声说，他肯定没听清，"一个客人。"她又重复了一遍，同时还努力控制狗狗别往我身上扑，"什么样的客人，你这是什么意思？一个客人，是个教授，和你一样。"她转向我，以确定自己的推断没错。我点点头。随后便是一个回答，至于回答的是什么问题则显而易见。"不是，你错得离谱。我会带鱼去。二十分钟绝对够了，我保证。

"这能给他时间换上干净衣服。"她开玩笑道。

她是否怀疑过我已经下定决心取消今晚和同事的聚餐，只因我已经沉溺在同她共进晚餐的渺茫希望之中呢，我自己都还没能完全接受这一点。为什么会这样呢？

当我们终于来到庞特西斯街角时，我请司机停车。

"我何不先把包放到房间去，然后再加入你和你爸爸的派对——差不多十分钟搞定。"

然而，就在出租车要停下的时候，她一把拉住我的左臂："当然不。如果你跟我一样的话，那你就会办理入住，把包卸在房间，洗手，你之前说过你超想这么做，然后，熬过十五分钟，你就会打来电话，说你改了主意，不能来了，要么你干脆连电话也不打。或者，如果你和我是一样的人，你甚至能找到恰当的话来祝我爸爸生日快乐，不是开玩笑，你是不是和我一样？"

这也让我动容。

"也许。"

"还有，要是你真跟我一样，那你可能很乐意被拆穿，承认吧。"

"要是你跟我一样，那你肯定早已满心困惑：我为什么要邀请这家伙呢？"

"那我就和你不一样。"

我们都笑起来。

上一次是什么时候？

"什么？"她问。

"没什么。"

"没错！"

她连这也看出来了吗？

下车后，我们冲向坎波菲奥里广场，在那里找到了她的鱼贩子。买鱼之前，她让我攥着牵引绳。我有点不太愿意和狗一起靠近货摊，但这里的人都认识她，她说没关系。"你想要什么样的鱼？""最容易做的。"我答。"再来点扇贝怎么样，他们今天好像有不少——都是今天捕的吗？"她问。"今天清晨。"小贩回答。"你确定？"她追问。"当然确定。"他回答。他们这样你来我往已经好多年。她俯身去挑拣扇贝，我则直面她的后背，心中涌起一股冲动，想要伸出一条手臂揽住她的腰肢、她的肩膀、亲吻她的脖子。我挪开目光，将目光锁定在街对面的酒水商店上："你爸爸会喜欢弗留利的干白吗？"

"他不应该喝酒，但我喜欢来自任何地方的干白。"

"我也会拿一瓶桑塞尔白葡萄酒。"

"你不是打算杀了我爸爸吧，是吗？"

鱼和扇贝打包完毕后，她想起了蔬菜。在去隔壁商店的路上，我还是忍不住问她："为什么是我？"

"什么为什么是我？"

"你为什么要邀请我？"

"因为你喜欢火车，因为你今天扑了个空，因为你问了太多问题，因为我想进一步了解你。有那么难理解吗？"她说。我并非逼她做解释，或许，我只是不想听到她说对我的喜欢和对扇贝、蔬菜之类的喜欢差不多，不多也不少。

她一眼瞧见了菠菜，我则注意到了小柿子，于是伸手摸了摸，又闻了闻，发现全都熟透了。我说，这还是我今年头一回要吃柿子。

"那你可得许个愿。"

"什么意思？"

她做出一副恼怒的样子："每一年，你头一回吃某样水果时，都得许个愿。你竟然不知道，真令人无语。"

我思索片刻："我想不出什么愿望。"

"活得不错。"她说，她的意思要么是说我的人生令人艳羡，没什么尚未达成的心愿——要么就是我的人生非常绝望，失去了欢愉，心怀憧憬太过奢侈，根本不在考虑范围之内。

"你必须得许愿，使劲想想。"

"我能把愿望让给你吗？"

"我已经许了自己的愿望。"

"什么时候？"

"在出租车里。"

"是什么愿望？"

"我们忘得多快啊：你会来吃午饭。"

"你是说你浪费了整整一个愿望，为了让我过来吃午饭！"

"确实如此，所以别让我后悔。"

我缄口不言。在去酒水商店的路上她拉着我的胳膊。

我决定在附近的花店前停一下。

"他会喜欢花的。"

"我好几年没买花了。"

她敷衍地点点头。

"不只是给他的。"我说。

"我知道。"她说，声音极其轻微，几乎是在假装没听见我说什么。

她爸爸的家是个位于顶层的豪华公寓，可以俯瞰台伯河。他听见电梯攀升的动静，因此等在门口。门只开了一扇，所以要把狗狗、蛋糕、鱼、扇贝、菠菜、两瓶酒、我的行李包、她的背包、我那包柿子，以及鲜花塞进去有点困难——所有这些东西仿佛都想同时挤进门去。她爸爸似乎想帮她减轻点负担，不过她只把狗交给了他，狗狗认得他，马上就围着他上蹿下跳，蹭来蹭去。

"比起我他更爱狗。"她说。

"我才没有爱狗胜过爱你，只不过爱狗容易一点。"

"这种话在我听来太狡猾了啊，爸。"她嗔道，而她对他的问候不只是亲吻，而是双手还提着满满当当的行李就马上撞进他怀里，亲吻了他两边的脸颊。我猜这就是她爱的方式：凶残，毫不留情。

一进屋她就放下包，将我的外套接过去，整整齐齐地搭在客厅里的沙发扶手上。她还接过了我的包，放在沙发边的小地毯上，而后将一个巨大的沙发靠垫拍打蓬松，靠垫上有脑袋靠过后留下的痕迹，几分钟之前肯定还有人躺在上面。去厨房的途中，她还整理了墙上挂着的两幅画，这两张画都有些微微倾斜，而后她打开两扇落地窗，窗户通往被太阳烘烤的屋顶露台，她嘴里抱怨说在这样一个绝美的秋日，客厅里也太闷热了。在厨房里，她切掉鲜花下端的花茎，找来一个花瓶，把花插了进去。"我爱剑兰。"她说。

"所以你肯定就是那位客人了？"她父亲说着表示欢迎，"很荣幸[1]。"说罢他又切换回了英语。我们握了握手，在厨房外踌躇不决，而后目睹她打开鱼、扇贝和菠菜的包装。她在储物柜里翻箱倒柜地找调料，而后用遥控器点燃炉子。"我们打算喝点酒，但是，爸，你来

1　原文为意大利语 "Piacere"。

决定，你是想现在喝呢，还是吃鱼的时候喝。"

他沉思片刻："现在和吃鱼的时候都喝。"

"那我们这就开始了呗。"她语带责备。

老先生假装很内疚，什么都没说，随后又添了一点愤怒："女儿！你能做什么呀！"

父亲和女儿说话都是一个样。随后父亲领着我穿过一条走廊，墙壁上挂满装裱起来的照片，都是已经离世或仍健在的家庭成员，大家都穿得过于正式，以至于我没能从中认出米兰达。父亲眼下打了条五颜六色的领带，穿了件明亮的粉色条纹衬衫；蓝色牛仔裤皱巴巴的，看起来很僵硬，仿佛几分钟前才刚刚套上；长长的白发全都梳到脑后，让他看起来像个上了年纪的电影明星，显得神神秘秘的；但是他穿了一双非常老旧的拖鞋，而且明显没时间刮胡子。女儿明明已经很周到地打来电话，提醒他有客人来访。客厅保持着早已过时几十年的丹麦风格，非常清雅，不过这种风格很快又将再度风靡。古旧的壁炉重新装修了一番，好同客厅融为一体，不过怎么看都很像旧日公寓生活的残留物。光滑的白色墙壁上挂着一幅抽象画，让人想起尼古拉斯·德·斯塔尔的画作风格。

"我喜欢那幅画。"最终我开了口，凝视画中的严寒海滩时，我试着同这位父亲交谈。

"那幅画是我妻子几年前给我的。当时我没那么喜欢，不过现在我明白了，这是我所拥有的最好的东西。"

由此我判断，这位老绅士一直没能从婚姻的破裂中走出来。

"你妻子那时候的品位很不错。"我又多说了一句，说完就后悔使用了"那时候"这种说法，完全不知道自己是否已经迷失在了微妙的形势之中，"还有这些，"我注视着棕褐色调的十九世纪早期罗马生活图景，说道，"看起来很像潘尼利的画，不是吗？"

"就是潘尼利的画。"这位骄傲的父亲说道，他可能将我的评论理解成了某种傲慢。

我差点就要说出"模仿潘尼利"这句话来，幸好刹车及时。

"我买了这些画给我的妻子，可她完全不放在心上，所以它们现在只好跟我一起生活。之后呢，谁知道呢，或许她会带走吧。她在威尼斯有一家很大的画廊。"

"托你的福，爸。"

"不，是托她的福，只有她。"

我知晓他的妻子业已离他而去，但我努力不表现出来，不过他肯定很快就猜到米兰达已经把他的婚姻状况告诉我了。"我们仍然是朋友。"他说，很明显是在澄清状况，"或许算好朋友。"

"而他们，"米兰达给我们一人递上一杯白葡萄酒，补充道，"有一个女儿，被他们俩不断地拉来扯去。我给你的酒比给客人的要少，爸。"她把酒递给他时说道。

"我知道，我知道。"父亲回应道，将手心贴在女儿的脸上，诉说了全部的爱意。

毫无疑问,她是被爱的。

"那你是怎么认识她的?"他转向我,问道。

"事实上,我根本不认识她。"我说,"我们今天在火车上碰见,还不到三个小时。"

父亲看起来有点糊涂,并且有些笨拙地想掩盖自己的困惑:"所以……"

"没有什么所以,爸。这个可怜的家伙今天被儿子放了鸽子,我实在是很同情他,所以觉得可以给他做一条鱼,给他吃点蔬菜,兴许还能扔给他一点软塌塌的菊苣,就是在你冰箱里发现的那些,然后让他收拾东西去酒店,他急不可耐地想打个盹,还有洗手。"

我们三个全都哈哈大笑起来。"她就是这个样子。我怎么将这么一个小刺儿头放到了我们这个星球上来呢?我是怎么做到的呢?这完全超出了我的能力范围。"

"是你迄今为止的最高成就,老家伙。不过你真应该看看他的表情,当他意识到他要被放鸽子的时候。"

"我看起来有那么狼狈吗?"我问。

"是她太夸张了,她老那样。"他说。

"从我在佛罗伦萨上车开始,他就一直噘着嘴。"

"你在佛罗伦萨上车的时候我可没噘嘴。"我模仿她的话说道。

"哦,你嘴巴都噘上天了,在我们开始讲话前就是。我上车的时候,你都不愿意给我的狗腾点地方。你以为我没发现?"

我们又一次齐刷刷地笑起来。

"别理她。她一直都是乱刺人的，这就是她的暖场方式。"

她的目光牢牢地粘在我身上。她是想看一看爸爸说完刚刚的话后我会做何反应，我很喜欢她这么盯着我；又或者，她就是盯着我看而已，那我也一样喜欢。

上一次究竟是什么时候？

客厅的另一面墙上挂着一系列装裱起来的黑白照片，照片上都是古老的雕像，浸润在黑色、灰色、银色和白色的阴影之中，格外惹人注目。当我回应她的注视时，父亲和女儿同时抓住了我的目光。

"这些都是米兰达的，是她拍的。"

"所以这就是你做的事？"

"这就是我做的事。"她用的是抱歉的语气，几乎像在说，这就是我唯一知道该怎么做的事。我有点后悔自己对这个问题的表述。

"非黑即白，没有杂色。"她父亲说，"她环游世界——她要去柬埔寨、越南，然后是老挝和泰国，她很喜欢旅行，却从来不因自己的工作而开心。"

我没有反对："有人会开开心心地工作吗？"

米兰达丢给我一个象征性的微笑，表示感激我来解救她，但她的表情或许同样意味着：干得漂亮，可我不需要解围。

"我完全不知道你是个摄影师。这些作品令人惊艳。"说罢我发现她并没有接受这个赞美，"令人过目难忘。"我又补了一句。

"我刚跟你说什么来着？从来不为自己感到开心。你就算绞尽脑汁，她也不会领情。她有一个了不起的工作机会，是在一个大机构——"

"而她却不打算接受，"她说，"我们并没有在聊这个，爸。"

"为什么？"他问。

"因为米兰达热爱佛罗伦萨。"她说。

"我们俩都很清楚，她不去的理由跟佛罗伦萨没有丝毫关系。"父亲刻意说得很幽默，却向自己的女儿还有我依次投来意味深长的一瞥，"都是因为她的父亲。"他说。

"你也太固执了，爸，你彻底被自己洗脑了吧，认定自己就是宇宙的中心，没有你的祝福，每天夜晚闪烁在天空的星星就会熄灭光华，化作尘埃。"她说。

"好吧，固执的老男人在化作尘埃之前需要再多来一点酒——还记得吗，米拉，这是我在遗嘱中清清楚楚说明的。"

"没那么快。"她说着把打开的酒瓶挪到父亲够不着的地方。

"有些事情她没能理解，我估计是因为年纪不够，那就是，到某个年纪后，节食和留心你吃了些什么——"

"或者喝了些什么。"

"根本无济于事，事实上，控制饮食只会带来更多的伤害而非益处。我觉得，人哪，一旦到了我们这个年纪，就应当获准随心所欲地生活，而不是被框定在自己的人生里。在死亡的门槛上，剥夺我们渴望的事物没有半点意义，只要我们想做的事情不是什么十恶不赦的坏事，你不觉得吗？"

"我觉得一个人始终都应当做自己想做的事情。"我说道，有些不乐意被拉进父亲的阵营。

"所以说这种话的人一定非常清楚自己想要什么，对吧？"女儿朝我投来猛烈的嘲讽，她还没忘掉我们在火车上的对话。

"你又怎么知道我是否清楚自己想要什么呢？"我回击。

她没有回答。她就那么看着我，目光中没有丝毫躲闪。她并没有跟我玩这个小小的猫鼠游戏。"因为我也一样。"最后她说。她已经看穿了我。她也知道我对此很清楚，而她没猜到的可能是，我很喜欢我们闹着玩儿的唇枪舌剑，以及，但凡是我嘴里说出的话，她一个字也不想错过，这也令我欣喜，让我觉得自己异乎寻常地重要，仿佛我们从前就彼此熟悉，而这种熟悉绝不会减损我们对彼此的尊重。我必须要抚摸她，拥抱她。

"如今的年轻人可同我们大不一样。"做父亲的出面打圆场。

"你们俩对如今的年轻人根本一无所知。"女孩迅速回嘴。我是否又被快速划入了她父亲的养老阵地？但就我的年纪而言本不该如此。

"好吧，那就再给你一杯酒吧，爸。也再给你一杯，更多一点，S 先生。"

"我要去的地方，他们是不会提供酒的，亲爱的，无论是白酒、红酒，还是玫瑰酒，坦率地说，我想在他们把轮床推走前，尽可能多喝一点。然后我会偷偷带上一两瓶酒藏到床单下面，如此一来，等我最终见到上帝时，便能说：'看这儿，看看我从该死的地球上带来了什么。'"

她并没有回应，而是转身回到厨房，把午饭端到客厅来，但她马上又改变了想法，说外面非常暖和，我们完全可以到露台上吃饭。于是我们各自带上杯子和银餐具去了露台。与此同时，她划开在平底铁煎锅里烤的鱼，剔除骨头，在另一个盘子上摆了菠菜和放了很久的绿叶菊苣，我们一坐下来，她就往蔬菜上洒了油和刚刚磨碎的帕尔马干酪。

"那就告诉我们，你是做什么的吧。"父亲转向我，问道。

我告诉他们，我才刚刚写完一本书，很快就会回利古里亚去，我住在那里。我也简单地告诉他们我是古希腊与古罗马的文化研究教授，最近的研究项目是 1453 年君士坦丁堡的陷落。我稍微透露了一点自己的人生，比如我的前妻目前生活在米兰，我儿子是个钢琴家，正处于事业上升期，也告诉他们离开家以后，我有多么想念在海边散步的感觉。

君士坦丁堡的陷落引起了她父亲的兴趣。

"君士坦丁堡的居民知道自己的城市要覆灭了吗？"父亲问道。

"他们知道。"

"那在城池沦陷之前，为什么没有更多居民逃走？"

"问问身在德国的犹太人！"

出现了一阵沉默。

"你的意思是，问问我的父母、祖父母和大多数姨妈、叔叔，问问这些我很快就会在天国门口与之重逢的人？"

她的父亲这样说，是就我刚刚说的话给我当头泼了盆冷水，还是委婉地表达自己每况愈下的健康状况呢，我说不好，但不管是哪种意思，我都没能在他那里得到加分。

"知道终结近在咫尺是一回事，"我继续说，试图将航向调整得当，渡过浅滩，"但相信终结即将来临又是另一回事。将自己全部的人生投入一片陌生大陆，白手起家，可能是一种英勇的行为，但也非常鲁莽，鲜有人敢于尝试。当你感到自己陷入困境或者落入虎口时，你会怎么做呢？如果房子着火却没有出口，而你的窗子在五楼，跳楼真的不是一种选择吗？根本无路可走了。有些人选择掌控自己的人生，然而大多数人却宁愿带上眼罩，靠着一线希望生存下去。土耳其人进城并屠城，君士坦丁堡的街道被心怀希望者的鲜血冲刷，但令我感兴趣的是君士坦丁堡中那些害怕并逃跑的市民，很多人逃去了威尼斯。"

"假如说，你生活在德国，你是否会提前离开柏林呢？我是说1936年。"米兰达问。

"我不知道，不过，要是我还没准备好离开，也肯定会有人催促我离开，甚至威胁要抛下我。我想起了那个藏身于巴黎沼泽区公寓的小提琴手，他很清楚，总有一天晚上，警察会来敲他的门。他们确实去敲门了。他甚至说服他们允许自己带上小提琴，他们也确实允许了，但这也是他们从他身上夺走的第一样东西。他们杀了他，不是在毒气室中，而是在营地里，活活把他打死了。"

"所以这就是你今晚演讲的内容吗？"她问，语气里流露出一种充满怀疑的抑扬变化，听起来近乎幻灭。我不太清楚她究竟是想通过问这种问题来轻蔑我的工作，就像我之前问她的那样，还是想表达满心的激赏，比如，多了不起啊，这就应当是你一生的工作！所以才温和而略显逃避地回答："这就是我做的事情，但是有些时候，我能看清自己的工作究竟是什么：案头工作，只是案头工作。我也不总是以此为傲。"

"所以你的人生并非马不停蹄地穿行于埃奥利群岛间，然后居留在帕纳雷阿岛上，早起游泳，整日奋笔疾书，吃海鲜，晚上和年纪只有自己一半的人喝西西里岛葡萄酒。"

这些想法都是从哪儿来的？我这般年纪的男人谁不梦想这样的情形，她是不是在开玩笑，嘲弄我们的幻想？

米兰达放下餐叉，点燃一支烟。我看着她干脆利落地晃了晃火柴，摁灭在烟灰缸里。忽然之间，她看上去那么强大，立于不败之地。她正在展示自己的另一面——评估眼前人，随意点出二三不称意之处，而后将他们拒之门外，永远不会再让他们进来，除非在她虚弱之时才有可能放松戒备，然而，就算让你乘虚而入，也只是为了将怒气发泄在你身上而已。男人就像火柴：点着，掐灭，再被她顺手丢在最近的烟灰缸里。我看着她吸进去第一口烟，没错，任性而冷漠。她抽着烟，脸庞从我们面前转开，看起来那么遥远，那么无情。她是向来为所欲为的那类人，确实不是那种不愿目睹他人受伤害的好姑娘。

我很喜欢看她抽烟。她很美，而且遥不可及，再一次，我克制住内心的冲动。我多想伸手揽住她，任凭嘴唇触碰她的脸颊、脖子和耳后。她是否看得出，想拥她入怀的冲动在我内心横冲直撞，令我无比失望？因为我知道，在她的世界里，绝无我的一席之地。她是为了父亲才邀请我的。

那么，她又为何抽烟呢？

看着她手持香烟，我禁不住说："有一首法国诗歌这样写道，有些人抽烟，是为了将尼古丁注入静脉，而其他人呢，则是为了在自己和他人之间放上云团。"说完我又觉得，她肯定会把这句话理解成刻薄话，所以我先下手为强，"我们都用各自的方式建立屏障，将自己的人生与外界隔绝开来。我是用纸。"

"那你觉得我把自己的人生与外界隔绝开了吗？"听她的口气，这是坦率而仓促的质问，不是那种刻意找碴的俏皮话。

"我不知道。或许，一个人度过他充满微小喜悦与悲怆的一生，便是将自己的人生与外界隔绝开来。"

"所以，在真实的人生当中，可能根本就没这回事，有的只是笨拙、普通、不断重复的日常生活——你是这么想的吗？"

我没回答。

"我只是希望人生不只是不断重复的日常生活，可我从没找对过方法，或许是因为找到它会让我恐惧吧。"

我依然没有回应。

"我从来没跟人聊过这个。"

"我也没有。"我说。

"我很好奇，我们为什么都不这样做呢？"

这就是这个火车女孩的说话方式，坚决果断，却又漫无目的。

我们都无力地朝对方笑了笑。她感觉到这场对话的走向变得奇怪而尴尬，便提起她爸爸，转了话题："他也喜欢案头工作。"

父亲马上接起话头。

团队配合完美。

"我确实很喜欢案头工作。我是个很好的教授，差不多八年前，我退休了。我和作家还有年轻学者一起工作，他们把学位论文交给我，我编辑他们的工作成果。这是非常孤独的工作，但也是可爱而平和的工作，我总能学到很多。有时我从黎明工作到深夜。夜里我看看电视，让脑袋放空一点。"

"他的问题在于，不记得跟他们要钱。"

"没错，但是他们很爱我，我也爱他们每一个人，我们常常互发电邮，而且老实说，我做这个本来也不是为了钱。"

"很显然！"女儿没好气地说。

"你目前正在做什么工作？"我问。

"在编一篇有关时间的论文，非常抽象，从一个故事切入，或者说寓言，作者比较喜欢这么说。故事的主角是二战时期一个年轻的美国飞行员。在他生于斯长于斯的小镇里，他娶了高中时期的心上人，在她的父母家中共同生活，新婚两周之后他就被派遣出国。一年零一天后，他的飞机在德国上空被击落。年轻的妻子收到一封信，信上告诉她，他可能已经死了。没有坠机证据，可人也没有找到。不久之后，妻子进入一所大学，在那里她终于见到了一个退伍老兵，看起来很像她的丈夫，于是他们就结婚了，生了五个女儿。大约十年前，她去世了。她去世后又过了几年，坠机地点终于确定，她第一任丈夫的身份识别牌和遗骸终于被追回，和一个远方表亲进行了 DNA 匹配，最终确认了身份。这位表亲压根就没听说过这位飞行员或者他的妻子，但还是同意配合检测。令人悲伤的是，当他的遗骸被海运回故乡，进行厚葬时，他的妻子、妻子的父母、飞行员自己的父母和所有兄弟姐妹都已不在人世。他一个亲人都没有，没有家人记得他，更别提悼念他了；而他的妻子呢，从未和自己的女儿们提起过他。他仿佛从未存在过。只是曾经有过那么一天，飞行员的妻子拿出一个盒子来，里面都是些零零散散的纪念品，飞行员留在家中的钱包就躺在这些物品之中。女儿问起钱包是谁的，她去了客厅，拿来一个相框，里面是孩子父亲的照片，她从这张照片的后面抽出一张老照片来，照片上是她第一任丈夫的脸。她们从来都不知道妈妈以前结过婚，而她自己再也没有提起过他。

"在我看来，这个故事证明了生命与时间并不同步。就好像时间全都错了，而妻子的人生则扎根在了河流彼岸，或者更糟糕的，扎根在两边的河岸上，而两边都不是对的那一边。或许没有人愿意说自己想要度过两段平行的人生，可我们确实都有多重人生，一重掩盖在另一重下面，或者一段与另一段并行不悖。有些人生未曾展开，所以始终在等待登场的机会，而其他人生呢，有的时候未到便已消亡，有些则等着旧梦重温，因为我们还没有过够。基本上，我们不知道该如何看待时间，因为时间并不真正理解我们的计时方式，因为时间根本不关心我们怎么看待它，因为时间就是个不稳定、不可靠的隐喻，关乎我们对人生的思考。归根结底，时间并没有错待我们，我们也并没有错待时间，错的可能就是生命本身。"

"你为什么要说这个？"她问。

"因为有死亡的存在，因为真正的死亡和别人告诉你的死亡恰恰相反，它并不是人生的一部分。死亡是上帝的重大失误，而日落和黎明就是他因羞愧而脸红的时候，他每一天都在请求我们原谅。在这个话题上，我算是略知一二。"

他沉默了片刻。"我喜欢这篇论文。"最后他说。

"你都念叨这篇论文几个月了，爸爸。你知道他什么时候能搞定吗？"

"这个嘛，我觉得这个年轻人目前应该是在艰苦推进，一方面他不知道该如何推导出结论，所以才不断增加例证。有一个例子是一对夫妻在1942年的时候坠入了阿尔卑斯山脉的冰川裂隙，冻死了。他们的遗体在七十五年后被发现，一起发现的还有他们的鞋子、书籍、

46

怀表、背包和一个瓶子。这对夫妻有七个孩子，两个已故，其他人如今依然活着。父母双双失踪的悲剧给他们的童年投下了令人不安的阴暗浓云。每一年，在父母失踪的纪念日，他们都会去爬冰川，为记忆中的一切而祷告。父母失踪时，最小的女儿才四岁。DNA检测确定了她父母的身份，也让他们解脱了。"

"我讨厌这个词，解脱。"米兰达说。

"或许因为你总是敞开所有大门。"父亲有些愠怒。他偷偷瞥了她一眼，眼神颇有讽刺意味，仿佛在说，你很清楚我指的是什么。

她没有回嘴。

两人之间弥漫着别扭的沉默。

我打算装作没注意到这尴尬的沉默。

"论文里的另一个故事，"父亲继续说，"讲的是一个意大利士兵，结婚十二天之后被派往俄罗斯前线，在那里他失踪了，被列入失踪人员名单。然而，他并没有死在俄罗斯，而是被一个女人救了，这个女人还给他生了个孩子。多年以后，他回到意大利，发现自己在故乡的土地上像一只无头苍蝇，他无法接受这里的生活，反而更适应收养他的俄罗斯，最终他返回俄罗斯，因为想要一个更好的家。你看，两种人生，两条轨迹，两个时空，没有哪个是正确的选择。

"还有一个故事，讲的是一个四十岁的男人，有一天，他终于下决心去了父亲的墓碑前，父亲在他出生前不久便死于战争。让这个男人震惊的是，当面对墓碑上的死亡日期时，他发现父亲去世时还不满二十岁——还不到自己年纪的一半，所以儿子的年纪都足以给这个父亲当爸爸了。他目瞪口呆，太奇怪了，他搞不清楚，自己之所以伤心，是因为父亲从来没有见过自己，还是因为自己从来都不认识父亲，抑或是因为眼前墓碑下的这个人更像是死去的儿子而非亡父。"

我们谁都不想给这个故事画蛇添足地强加什么寓意。

父亲说："我发现这些故事非常动人，却仍然说不清为什么，所以我只能接受这样一种说法，那就是，在表象之下，生活和时间并非齐头并进，而是有着各自截然不同的旅程。米兰达是对的。解脱，如果真有解脱，那要么是给死后生活准备的，要么就是给活着的人的。归根结底，为我的人生算账的是生者，而不是我本人。我们把自己的影子传递下去，将我们的所学、我们的人生、我们的所知托付给后人知晓。除了那些代表我们是何许人也的照片之外（照片里有我们小时候的模样，也有变成父亲后为子女所熟悉的我们），我们还能给我们所爱的人留下什么呢？我希望那些活得比我长久的人可以延续我的人生，而不只是记住我。"

父亲意识到了我们俩的缄默，忽然惊呼："快把蛋糕拿来啊。在经历之后的一切之前，我要先吃一块蛋糕。或许他也很喜欢蛋糕，你不觉得吗？"

"我买了个小一点的蛋糕，因为我知道，星期天我刚走你就吃掉了一个大蛋糕。"

"如你所见，她希望我活下去。可为了什么而活呢，我不知道。"

"如果不为你自己，那就为我，老家伙。再说了，别装了，我们出去遛狗的时候我看见你盯着女人瞧了。"

"此言不虚，每当发现一双美腿时，我还是会扭头去看，但是跟你说实话，我忘了为什么要看。"

我们都开怀大笑。

"我敢肯定那些到家里来的护士能帮你回忆起来。"

"可我不想记起我忘记的东西。"

"我听说药物可以帮你想起来。"

我就在一旁静观这对父女之间装模作样的争吵。她离开餐厅，去厨房拿来更多银器。

"你觉得我的健康状况如何，足以让我来一小杯咖啡吗？"他大声提出需求，好让她听见，"也给我们的客人来一杯？"

"两只手，爸，我只有两只手。"她假装生气，片刻之后便端出蛋糕和三只小碟子，重返厨房之前，她把这些都堆在凳子上。我们听见她捣鼓咖啡机，然后把早晨研磨的咖啡渣倒进水槽里。

"别倒水槽里。"父亲低吼。

"太迟了。"她回应。

我们俩看着彼此，露出微笑。我忍不住说："她很爱你，不是吗？"

"确实，没错，但她不应该这么爱我。我是很幸运，但还是觉得，就她这个年纪而言，爱我对她来讲不是什么好事。"

"为何？"

"为何？因为我觉得这会让她步履维艰，而且，不用动脑子都看得出来，我已经半截身子入土了。"

我无话可说。

我们听见她把脏盘子放进水槽里。

"你们两个在嘀嘀咕咕地讲什么悄悄话？"她端着咖啡回到露台时问道。

"没什么。"父亲说。

"别撒谎。"

"我们在谈论你。"我说。

"我就知道。他想要孩子，是不是？"她问。

"我想要你开心，至少比现在开心一点点——和你爱的人在一起，"父亲义正词严，"而且，没错，我想要几个外孙、外孙女，只是因为该死的时钟。又是一个人生与时间不相匹配的例证。别告诉我你不懂。"

她微微一笑，意思是，她懂了。

"我正在叩响死亡的门扉，你知道的。"

"他们给你答复了吗？"她问。

"还没，但我听见一个老管家拖长声音大喊了一声'来——了！'等我再度敲门时，他气呼呼地低吼：'我都说了我来了，我说了吧？'在他们开门让我进去前，你能不能好歹找到一个你爱的人？"

"我一直告诉他，没有这个人，可他就是不相信。"她说着转向我，仿佛我是在给他们调解纠纷。

"怎么可能没人呢？"做父亲的也转向我，说道，"总有什么人吧，每次我打电话的时候都有人。"

"可是，就是一直没有这么个人。我爸爸根本不明白。"她说，似乎觉得我更愿意站在她那一边，"这些男人能提供的，都是我已经拥有的，而他们想要的一切呢，要么是他们压根不配，要么就是我给不了，所以才让人难过。"

"很奇怪。"我说。

"为什么奇怪？"

她就坐在我身边，离她爸爸很远。

"因为我和你完全相反。此时此刻，别人可能想要的东西，我这里没有，至于我想要的东西，我甚至不知道该怎样讲出来，但这些你都知道了。"

有那么一会儿，她只是看着我："也许我知道，也许我不知道。"意思是，我才不上你的当。她很清楚。我还没有意识到自己究竟在做什么，她就已经心知肚明。

"也许你知道，也许你不知道。"做父亲的重复了一遍，"你太善于发现悖论，你一旦从那包简单的观念里钓出一个悖论来，就觉得自己找到了答案，但悖论从来都不是答案，只是一个分裂的真相，是缺胳膊少腿的那么一丁点意义。不过我敢肯定，我们的客人不是来听我们吵架的。请原谅我们父女间的小口角。"

我们看着她把咖啡壶倒过来,用一块洗碗巾盖住壶嘴,谨防咖啡喷出来。父亲和女儿喝咖啡都不加糖,不过她忽然意识到,我可能需要糖,所以她也没问我,直接冲进厨房拿来一个糖钵。

我也不常放糖,但她的做法触动了我,所以我就加了一茶匙糖,而后又不禁疑惑自己为什么要这样做,我明明可以简简单单地说一句不用。

我们一言不发地喝着咖啡。喝完后,我站起来:"我可能得去酒店复习一下今晚的演讲稿。"

她忍不住问:"你真的需要复习吗?你不是已经做过好几次同样的演讲了?"

"我总是担心弄丢主线。"

"我想象不出你会弄丢主线,塞米。"

"除非你知道我的大脑如何运转。"

"哦,那就跟我们说说,"她又把球踢回来,带着一点活泼的狡黠,让我很惊讶,"我在想要不要去听你今天的演讲——如果你邀请我的话。"

"我当然会邀请你,还有你父亲。"

"他?"她问道,"他很少出去。"

"我确实出去了。"爸爸大声嚷嚷着回嘴,"你怎么知道你不在这里的时候我都做了什么?"

她并没有坐着回答他,而是去了厨房,再回来的时候手上端了个盘子，盛着切成四瓣的柿子。另外两个柿子还没熟透，她说，而后她又离开露台，拿来一碗核桃。或许她是用这种方式让我再多留一会儿。父亲朝碗伸出手，拿起一颗核桃。她也拿了一颗，在碗底找到坚果钳。父亲并没有用坚果钳，而是直接用手就捏开了核桃。"我特别讨厌你这么做。"她说。"什么——这个吗？"他说着又开了另一颗，剥掉外壳，把可以吃的部分递给我。我很迷惑。"你怎么做到的？"我问。"简单。"他答，"不是用拳头，而是用食指，把食指放在两边的缝隙上，像这样，然后用另一只手给这根手指施加力量。就这样[1]！"他一边说一边递上坚果肉，这一次是给自己的女儿，"你试试。"他说着给了我一颗新的核桃。毫无悬念，我像他一样打开了一个。

"你生活，你学习。"他微微一笑，同时站起身来，"我得回去研究我的飞行员了。"他说，站起来之后他把椅子推回桌子下面，离开了露台。

"浴室。"她解释。她也猛地站起来，去了厨房。我离开座位，跟在她身后，不太确定这里是否真的需要我，所以站在厨房门口，看着她冲洗盘子，一个接一个，冲洗完便把它们仓促地堆在水槽边，而后才开口请我帮她把盘子放进洗碗机。她把冒着热气的开水和粗盐倒进铸铁煎锅，有一片烧焦的鱼皮粘在了锅边，并且不肯屈服于钢丝球的刮擦，她气势汹汹地刮着这块鱼皮，仿佛是在发脾气。她沮丧吗？虽然刷到水晶杯的时候她立马温柔了许多，小心翼翼的，仿佛这些杯子

---

1 原文为法语 "Voilà"。

的年头和浑圆的形状让她开心，让她得到抚慰，需要她小心顺从，所以她完全不愤怒了。冲洗大约花了几分钟，等她干完，我注意到她的手掌和手指都变成了深深的粉红色，近乎紫色。她有一双漂亮的手。她用挂在冰箱把手上的一小块洗碗巾擦手，那正是她用来阻止咖啡从壶嘴流出来的洗碗巾，同时她扭过头来看我，但她什么也没说，而后她挤了一点水槽旁边的护手霜，抹了抹手。

"你的手很漂亮。"

她没回答。顿了片刻后，她说："我的手很漂亮。"她重复了我的话，要么是为了揶揄我，要么就是质问我说这话的动机。

"你不用指甲油。"我又说了一句。

"我知道。"

又来了，我说不清她是因为没用指甲油而感到抱歉呢，还是让我少管闲事。我只是想表达她和大多数同龄人不一样，那些女人恨不能把全部色彩都涂到自己的指甲上，不过她似乎明白这一点，无须我再提醒。废话，我说的都是废话。

忙完厨房的活计后，她回到餐厅，然后又去客厅拿来我们的外套。我跟着她去了客厅，她问起我今晚的演讲。"是关于佛提乌的。"我说，"他是古时候的一位拜占庭牧首，保存有一套非常珍贵的书籍目录，他称之为 *Myriobiblion*，意为"一万本书"。如果没有他的书单，我们永远也不可能知道那些书籍的存在——因为大部分书籍都已经亡佚。"

我让她觉得无聊了吗？或许她在翻看茶几上那些没打开的信件时，根本就没有听我在讲什么。

"所以这就是挡在你和生活之间的东西——一万本书。"

我真喜欢她的幽默，尤其是来自她这样一个人的幽默，尽管她在火车上表现得很厌世，但她感兴趣的东西不少，有相机、摩托车、皮夹克、帆板运动，以及偎依在一晚上至少能做三次爱的男人身上。"我在自己与生活之间放置了太多东西，都是你不知道的。"我补充道，"所有这一切也可能是你无法想象的。"

"不，才不是，我还是略有所知的。"

"哦？比如呢？"

"比如——你真想知道吗？"她问道。

"我当然想知道了。"

"比如，我不认为你是个开心的男人，然而你又跟我很像：也许有些人心碎，并不是因为他们受到了伤害，而是因为他们从来没能找到那个足够重要、能够给他们带来伤害的人。"而后，她又想了想，或许是认为自己说远了，"可以说我从塞得满满的观念之包里又钓出来一条悖论。心痛可以是毫无征兆的，你完全有可能意识不到自己正在心痛。这让我想起了他们如何形容在出生前早早吃掉手足的双胞胎之一。失踪的胎儿可能没有一丝存在过的痕迹，而另一个孩子呢，则会在长大的过程中，终生感到手足的缺失——爱的缺失。除了对我的父亲，还有你提到过的，对你的儿子，在我们两个的人生中，似乎一直以来都没有多少真实的爱或者亲密关系。可是话说回来，我又知道什么呢。"

她犹豫了片刻，或许是害怕我张口反驳或者过分严肃地看待她刚刚说的话，所以又说道："不过，我能感觉到，可能你多少有些不喜欢别人说你不开心吧。"我尽量礼貌地点点头，这同时也表示你所说的那些感觉一直伴随着我，我不会为此争辩什么。"但好的部分是——"她又开了口，但再一次打住。

"好的部分是？"我问。

"好的部分是，我认为你并没有结束行动，或者放弃寻找。我的意思是，寻找幸福。我喜欢你这一点，不过，这可能都是我胡诌的。"

我没有回答——或许我的沉默就是回答。

"没错。"她把外套递给我的时候突然这样说。我穿上外套，而后她突然转了话题。"你的领子。"她说着指了指我的夹克。

我不太明白她是什么意思。"这里，我帮你弄。"她说罢站到我跟前，帮我整理领子。我来不及多想，就发现自己正握住她放在我外套翻领上的两只手，并将那双手紧紧贴在胸口。

我并没有预设这种情形，只是不假思索地这么做了。我用手掌抚了抚她的额头。我鲜少冲动行事，我想表示自己无意越界，于是做出要扣上外套的架势。

"你现在还没必要走。"她忽然说。

"但我应该走了。我的讲义，我的小演讲，作古的佛提乌，我在自己和真实世界之间设立的一道道劣质屏障，它们都在等我，你知道的。"

"这很特殊，对我来说。"

"这？"我问道，我确实明白她的意思吗？我还无法说服自己相信这一点。我想要缩回手来，却又最后一次抚摸她的额头，并留下一个亲吻。这一次我盯着她，她没有挪开目光，再一次以完全出乎意料的姿态愣住了我。谁知道是从多少年前涌出来的勇气，驱使我的指尖轻轻划过她的下巴，温柔且充满怜爱，就像成年人为了不让小孩子哭泣，用大拇指和食指捏住孩子的下巴那样。和她一样，我也全身心地感受着，如果她不动的话，对下巴的这番爱抚很可能成为我下一个动作的序曲，我任由手指在她的下唇上逡巡——来来回回，来来回回。她并没有躲闪，只是一动不动地盯着我。我说不清，是我抚摸她额头的方式冒犯了她，还是她受到了惊吓，仍在考虑该如何回应，反正她依然牢牢地盯着我，大胆而固执。最终我停下了动作，表达了歉意。

"没关系。"她说，开口的时候似乎是在拼命忍着笑。我说服自己，她是在回顾整件事，并以成年人的视角来看待它。最后，她的唯一举动就是猛然转身，一句话也没说，只是拿起沙发上的皮夹克。她的动作是那么生硬且坚决，我深信自己惹她生气了。

"我和你一起去演讲大厅。"

这倒让我不解了。我很肯定，在刚刚那番举动之后，她绝对不想跟我有任何关系。

"现在？"

"当然了，现在。"紧接着，可能是为了缓和自己突然的转变，她又补充道，"因为，要是不一直盯着你，跟着你全城跑的话，我很清楚，我再也别想见到你了。"

"你不信任我。"

"还说不好。"说罢她转向此刻已经坐在客厅里的父亲，"爸，我要去听他演讲。"

他很惊讶，或许还很失落，因为她这么快就要离开："可是你才刚来啊，你不打算给我念书了吗？"

"明天给你念，我保证。"

她习惯给他念夏多布里昂的《墓畔回忆录》。在她十岁出头的时候，他常常给她念夏多布里昂的书，现在轮到她了，她说。

"你爸爸不太高兴。"准备走的时候我说。她关好落地窗，房间当即暗下来，突如其来的黑暗带来了暗淡的氛围，与接近尾声的秋季相互呼应，也反映了父亲的情绪。

"他是不高兴，但没关系。他假装要工作，但最近他睡得很多。反正他小憩的时候我都会出门采购，用他喜欢的东西填满冰箱。我明天做这个。护理服务会搞定剩下的事情。负责照顾他的人今天下午过来，会遛狗，做饭，陪他看电视，安顿他上床睡觉。"

我们走下楼梯，走出公寓楼，面对朗格塔维尔大街时，她忽然停下脚步，深深、深深地吸了一口十月末的新鲜空气。这举动让我有些惊讶。

"这是怎么回事？"我问道，显然指的是从她肺部传出的声音，听起来颇为忧郁。

"我每次离开的时候都会如此，有一种强烈的如释重负的感觉，就好像我在里面的时候，气管里堵满了糟糕的空气。总有一天，或许很快，我知道的，我会想念这一次次来访。我只是希望自己别感到惭愧，也别忘了我为什么那么急于离开，急着关上身后那扇门。"

"有时候我也疑惑，儿子每次离开我的时候，是否也有这种感觉。"

她没有回答，只是继续往前走。

"我需要一杯咖啡。"

"你不是刚刚才喝过吗？"我问。

"那是脱因咖啡。"她说，"我是为他买的脱因咖啡，让他以为那是普通咖啡。"

"他上当了吗？"

"百分百上当，除非他自己出门喝了真正的咖啡，但没告诉我，不过我对此表示怀疑。正如我告诉你的，每个周末我都来。有时候，偶尔有一天空闲，我也会跳上火车，在这边过夜，然后第二天快晌午时才回去。"

"你喜欢回家吗？"

"以前很喜欢。"

而后我发现自己问了一个问题，是我一直没有勇气问的。

"爱他吗？"

"最近不太好说了。"

"但你还是个惊人的好女儿，这是我亲眼所见。"

她没有回应，脸上浮现出一种看透世事的微笑，仿佛是想说，你什么都不知道。"我觉得，我曾经有过的那种爱已经走到尽头，留下来的只有安慰性的爱，很容易被误认为是真正的爱。年龄、疾病，或者痴呆的迹象，都可能导致这个结果。照顾他，担心他，我人不在的时候总是要给他打电话，确保他什么都不缺——所有这些渐渐耗尽我能给他的一切。你是不会管这叫爱的，没人会这么认为，他也不会。"

紧接着，她又像之前那样打断了自己的话："女孩需要咖啡！"忽然间，她加快了步伐，"我知道附近有个好地方。"

在去咖啡馆的路上，我问她是否介意在桥对面短暂地停一下："我想带你去个地方。"

她没问为什么，也没问是什么地方，只是跟着我走。"你确定你有时间？你得放下行李，洗手，检查稿子。"言语间明显是在窃笑。

"我有时间，我之前可能有点夸大其词了。"

"不会吧！我就知道你是个骗子。"

我俩都笑了。接着，她突然说："他病得很重，你知道的。最糟糕的是，他对此心知肚明，哪怕他并不愿意谈论这个。我还是说不好，他究竟是因为太害怕了所以不愿面对，还是不愿吓到我。我俩都武断地认定这样做是为了保护对方，但是我觉得，我们还没有找到谈论这件事的方法，所以更想拖一拖再面对，直到来不及面对，所以我们举重若轻，拿这件事开玩笑：'你带蛋糕来了吗？''我带蛋糕来了。再给我一点酒？''可以，但只能再喝一点点。'用不了多久，他就会无法呼吸了，所以，如果癌症没能杀死他，肺炎也会夺走他的性命，更别提他已经在注射吗啡，而这样一来，根本不用废话，肯定会引发其他问题。如果我的兄弟姐妹都不能搬来跟他一起生活的话，那我会来。我们都说我们轮流照顾，但是，谁知道轮到他们的时候，他们会找什么借口呢。"

在去咖啡馆的路上，我们稍微绕了点路，在我的酒店停了一下。我说要把包放在前台。服务生正在看电视，他说会找个行李员帮我把包送到房间。米兰达并没有进接待厅，而是在偷偷窥探酒店里的小教堂。我出来的时候，看到她正用鞋尖拨弄一块引起了她兴趣的鹅卵石。

"两分钟就到。"我感觉到了她的急躁，于是这样说。我想就她的父亲说点什么，或者，至少用一些安慰的话语结束这个话题。可是我想到的任何说辞都是陈词滥调，所以我很高兴看到她自己放下了这个话题。

"最好值得跑这么一趟。"她说。

"就当是为了我。"

几分钟后，我们走近一栋位于街角的建筑物。我停在楼前，沉默着。

"别告诉我是——守夜！"

她记得。

"哪里？"她问。

"楼上。三楼，大窗户。"

"美妙回忆？"

"也没那么特别，只是我以前住在这里。"

"然后呢？"

"可以说我每次来罗马都要回到那个酒店住，就因为那里离这栋楼只有几步之遥。"我说着指向楼上的窗户，显然已经几十年没有清理过，也没有更换过，"我喜欢在这里徘徊，就好像我还在楼上，还在阅读古希腊文献，还在给学生的论文打分。我是在这栋楼里学会做饭的，我甚至在这里学会了缝扣子，学会做酸奶，做面包，还学了《易经》，甚至有了第一只宠物，因为楼下的法国老妇人不想要自己的猫了，而那只猫又恰好很喜欢我。我很嫉妒当年住在楼上的那个年轻男人，哪怕他住在这里时并不开心。我甚至喜欢晚一点回这里，就想在天黑之后看看这栋公寓。如果旧日的窗口有灯亮起，我的心就会燃烧起来。"

"为什么？"

"因为一部分的我还没有放弃渴望，还渴望拨回时钟，或者说还没有完全接受我在向前走这个事实——如果我真的已经在向前走了。或许，我真正渴望的只是和从前的我再度连接，我已经失去了联系从前那个自己的途径，我在搬去别处时，轻而易举就背弃了他。可能我永远也不想成为那些日子里的我，但我确实还想再见到他，哪怕只有一分钟。那个男人还没离开自己尚未遇见的妻子，也还不知道自己将要成为一名父亲，我要看看他究竟是怎样一个人。住在楼上的那个年轻人啊，他对此一无所知，一部分的我想让他了解我的近况，让他知道我还活着，我不曾改变，此时此刻我就站在这里——"

"和我一起。"她插话，"或许我们可以上楼去，打个招呼。我等不及想要见他了。"

我不明白她是想开个更深刻的玩笑，还是真的严肃起来了。

"我敢肯定他最乐意做的事情就是给你开门，看见你等在楼梯平台上。"我说。

"那你会让我进去吗？"她问。

"你知道答案！"

她等着我再说些什么，或许是让我把话说清楚，但我没这么做。

"我也这么觉得。"

"那你会进来吗？"最终我这样问。

她想了一下。

"不。"她回答。

"为什么不呢？"

"我还是更喜欢老一点的你。"

忽然间，一阵寂静横亘在我们之间。

"答案不错吧？"她戳了戳我的手臂，问道，这举动显然是表明，哪怕老是开玩笑，我们之间也有着最真挚、最值得信赖的友谊。

"我比你老太多了，米兰达。"我说。

"年纪就是年纪而已，酷吗？"我一句话刚说完她就开口了。

"酷。"我笑了笑，我还从来没有这样使用过这个字。

"那么，你有没有回到过这栋楼里，有没有上去过呢？"她在转移话题。

不奇怪，我心想。

"没有，从来没有。"

"为什么不进去？"

"我不知道。"

"马尔古塔小姐伤你那么深吗？"

"我觉得不是这个原因。这栋楼跟她一点关系也没有，而且，也有其他女孩来过这里。"

"你喜欢她们吗？"

"还是挺喜欢的。我记得特别清楚，有一天，我得了感冒，取消了所有课程，那是我在这里度过的最快乐的一天。我发烧了，家里一口吃的也没有。有个女孩，是我的学生，听说我病了，于是给我带了三个橘子来，在这里小坐片刻，最终和我亲热了一番，而后离开。不久之后，另一个女孩给我带了鸡汤来，第三个女孩也过来探望，为我们三个做了滚烫的托迪酒 [1]，里面加了很多很多白兰地，我觉得我一定是有史以来最快乐的高烧男人。这两个女孩中的一个之后跟我短暂地同居了一段时间。"

"然而，此时此刻，我是和你并肩站在这里的人。你想到了吗？"

她的声音有些紧绷，非同寻常，我吃不准这是为什么。我认为我是在吐露自己的过去，自从共同乘火车后我们都在做这件事。于是我轻笑一声，知道这笑声听起来有些刻意。

"有什么好笑的？"

"不是好笑，只是我住在这里的时候你还没有出生。"

这个问题不知怎么就浮出了水面，我们谁也没问为什么。

她从包里摸出一个小相机："我要请这些人帮我们拍张照片，这样你就知道我是真实存在的，而且我不会像那个带来三个橘子的女生一样，成为转瞬即逝的回忆。到如今，她的名字、中间名、姓氏你无论如何也记不起来了。"

这都是女性虚荣心点燃的怒火吗？她不是那种女孩啊。

她拦下了从商店里出来的一对美国情侣，递上相机，麻烦那个卷发姑娘给我们在楼前拍一张照片。"不是像这样。"她说，"用胳膊搂住我，把另一只手给我，又不会要了你的命。"

她让那个姑娘又额外多拍了一张。

看着那个姑娘咔嚓咔嚓按了几次快门后，她谢过姑娘，拿回相机：

---

1 托迪酒，用烈酒加热水、糖或香料等调配而成。

"我会尽快把照片发给你，这样你就不会忘记米兰达了，保证？"

我保证了。

"米兰达真有那么在乎吗？"

"你还是不明白，对不对？你上一次和我这个年纪的女孩在一起是什么时候？得是个不丑，还拼命想告诉你一些事情的姑娘，而那些事情呢，明明那么显而易见。"

我曾怀疑过她会说这种话，所以为什么这话还是让我吃惊，让我希望自己是误解了她呢？

说清楚一点，米兰达，或者再说一遍。

那还不够清楚吗？

那就再说一遍。

我们的言语已经如此暧昧，让我们无法知晓对方的意思，甚至不明白自己想表达什么，但我们又立刻感觉到，不知为何，正是因为那一层意思没有被说出来，我们反而准确抓住了彼此话语中的潜在含义。

就在那一刻，我有了一个非同寻常的念头。我拿出手机，问她接下来的两三个小时是否有事情要忙。

"我完全无所事事啊。"她说，"可你不是有事情要忙吗？要过一遍讲稿，要把衣服挂起来，何况你还要洗手啊？"

我没时间解释，马上就给一个朋友打去电话，他是罗马非常有名的考古学家。他接起电话。"我需要帮忙，"我说，"今天就需要。"

"我很好，感谢问候。"他答道，和往常一样诙谐，"所以，我能帮你什么？"

"我需要获准带一个人进入阿尔瓦尼别墅。"

他犹豫了片刻。"她美吗？"他问。

"毫无疑问。"

"我从来没进过阿尔瓦尼别墅，"她说，"他们从来不让任何人进去。"

"等着瞧。"而后我就等那位朋友回电，"红衣主教阿尔瓦尼在十八世纪为自己修建了别墅，并且收集了大量的罗马雕像，全都集中起来由温克尔曼看管，我想让你看看那些雕像。"

"为什么？"

"这个嘛，你用鱼和核桃款待了我，而你又喜欢雕塑，所以我要给你展示你这辈子即将看到的最美丽的浅浮雕。那是安提诺乌斯的雕像，他是哈德良皇帝的男宠。然后我要带你看看我最喜欢的一个——阿波罗杀死蜥蜴的雕塑，是普拉克西特列斯[1]的作品，他可能是有史以来最伟大的雕塑家。"

"那我的咖啡呢？"

"我们还有大把时间。"

1　普拉克西特列斯（Praxiteles），生平不详，古希腊古典后期杰出的雕塑家。他善于把神话中传说的人物纳入平凡的日常生活中，风格柔和细腻，充满抒情感。普拉克西特列斯的代表作品有《休息的萨堤罗斯》《抱幼童酒神的赫尔墨斯》《尼多斯的阿佛洛狄忒》等。

我的手机响了。我们能在一个小时之内赶到别墅吗？访客滞留时间不能超过一小时，因为管理员要提前下班。"今天是星期五。"朋友解释。

我们看到桥头就等着一辆出租车，转眼间车就带着我们朝别墅疾驰而去。在出租车里，她转向我："你为什么想这么做？"

"这是我的表达方式，表示我很高兴自己听了你的话。"

"尽管你有些不满？"

"尽管我有些不满。"

她没再说什么，短暂地朝窗外瞟了一眼，而后又转过脸对着我。

"你让我吃惊。"

"为什么？"

"我没想到你是那种心血来潮、想一出是一出的人。"

"为什么？"

"因为你身上有那种特别深思熟虑、冷静持重，甚至有点温吞吞的感觉。"

"你是说乏味。"

"完全不是。人们信任你，愿意对你敞开心扉，或许是因为，他们喜欢跟你在一起时的那个自己——就像此刻，在这辆出租车里的我。"

我伸出手，握住她的手，随后又放开。

不出二十分钟我们便抵达了目的地。管理员已经提前得知我们要来，所以正把双臂抱在胸前，等在小小的门外，样子非常强硬，甚至带着敌意。最终他认出了我，那满腹疑虑的态度马上切换成谨小慎微的尊重。我们进入别墅，上楼，径直穿过一连串房间，直到驻足在阿波罗雕像前。"这尊雕塑叫《杀蜥蜴的阿波罗》，我们要穿过陈列室，如果有时间的话，就看看埃特鲁斯坎壁画。"

她盯着雕塑，说她能肯定，自己以前绝对看过这个雕塑的复制品，但不是这一个。

我们匆匆掠视剩下的展品，然后直奔安提诺乌斯。雕塑的美让她震惊不已。"太不可思议了。"

"我说什么来着？"

"Sono senza parole."她用意大利语说，意思是"我说不出话来"。

我们俩都因震惊而说不出话来。她伸出手臂圈住我，凝望了一会儿雕塑，而后不假思索地摩挲了一下我的后背，之后我们就走开了。

但我很快面向她，指向一个小小的驼背人半身像，俯身在她耳畔悄声道，我可以去分散那个管理员的注意力，而她可以趁机用自己的小相机拍点照片，因为这里不允许任何人拍照。我想起他曾经和我说起过生病的母亲，所以我把他拉到一边，问他母亲的手术情况怎么样。我这么问就是想让他说得详细些，而且我声音很小，米兰达是听不到的。他感激我保护他隐私的谨慎，并且解释说，很遗憾，手术没成功。我则表达了同情。为了再拖延他一会儿，并且确保他是背对米兰达的，我便进一步说我妈妈也去世了。"我们同病相怜。"他说。我们点点头，彼此怜悯。

我回到阿波罗身旁，又看了它最后一眼，解释说在卢浮宫和梵蒂冈博物馆也有同样的雕像，但只有这一个和克利夫兰的那一个是青铜像。"但是这个不是真人大小，"管理员说，"我听说克利夫兰的那个更美。"

"确实。"我说。

而后他鼓励我们穿过意大利花园，那里通向另一个满是雕塑的展厅。在花园的某一处，我们欣赏了这座新古典主义宫殿的外立面与宏伟的拱廊，人们一度认为这座别墅是当时最美丽的建筑。

"我觉得我们没时间看埃特鲁斯坎壁画了，"他补充道，"但是，作为补偿，也许这位小姐愿意给这些雕塑拍几张照片，看得出，"他露出了恶作剧般的笑容，还有点沾沾自喜，"她喜欢拍照。"我们全都心照不宣地笑对彼此。他领着我们穿过花园，来到出口处，指给我们看他口中罗马最古老的七棵松树。就在他按下电动大门的按钮时，人行道上的一位老先生盯着我们，忍不住对管理员说："我们家七代人都生活在罗马，但从来没有一个人能够进入这里。"管理员又换上了他强硬的目光，告诉对方这里"vietato"——禁止入内，任何人都不行。大门在我们身后关上了。

伸手去拦出租车前，她说她想在大门边再给我拍一张照片。

"为什么？"我问道。

"没有理由。"

发现我有些闷闷不乐，她说："你能把眉头给捋平吗？"而后又对我的微笑做出反应，"别露出那种假了吧唧的好莱坞式微笑——拜托你了！"

她拍了几张照片，却不太开心："你为什么要皱眉？"

我也不知道我为什么要皱眉，我说，但我其实知道。

"可是今天早上，明明是你说我闷闷不乐！"

我们都笑了。

她似乎并不期待从我这里得到什么评论，我也不想勉强她做什么解释，但是随着她不断按下快门，我心中悄然生出一种忧虑：总有一天，这也会成为一种守夜，会被称为"把眉头捋平"！每一次她用胳膊肘推我的时候，我都有一种温暖、炽烈并且亲密的感觉。她让我想到了那些如风暴般侵入你生活的人，正如她在父亲客厅里的表现一样：马上拍松你的枕头，打开窗户，扶正两幅你已经不再多看一眼的画，哪怕这两幅画已经被放在壁炉台上，多年不曾挪过位置，再用灵活的小脚抚平陈旧地毯上的褶皱，只是为了提醒你，她曾经往始终空荡荡的花瓶里插入过花朵，以免你仍旧拼命想要忽视她的存在。你就是不敢要求她再多留一周、一天甚至一小时。我和如此真实的一个人走得这样近，我想着，这样近。

太迟了吗？

我到得太迟了吗？

"别想了。"她说。

我伸出手去，握住了她的手。

她喜欢的那家咖啡馆叫蒂卢萨，时髦奢华，拥挤喧闹，我们找到了一张不太结实的小方桌，面对面坐下来。她身后立着一台户外加热器，火力全开。她喜欢暖风，她说，又补充说多奇怪啊，几个小时前还那么暖和，能在爸爸的露台上吃饭，而现在，她却想喝点热饮。服务生过来的时候，她要了两杯双份美式咖啡。

什么是美式咖啡？我本打算问一句，但还是打住了，决定还是别问了。我花了点时间才想明白我为什么没有问。

"美式咖啡就是把一份意式浓缩咖啡倒进一马克杯的沸水里，双份美式咖啡就是沸水里加上两份意式浓缩咖啡。"

她垂下眼帘，低头看桌面，努力让自己别笑。

"你怎么知道我不晓得美式咖啡是什么？"

"我就是知道。"

"我就是知道。"我重复了一遍。

我喜欢这样，我觉得我们俩都喜欢。

"因为你爸爸不可能知道，所以你就认为我也不知道？"

"错！"她说，并且马上猜到了我为什么这么问，"根本就不是这样，先生，我已经跟你说过了。"

"那为什么？"

忽然间，她脸上的戏谑退去了。

"我了解你，塞米，这就是原因。我现在看着你，感觉我已经认识你很久了。还有一件事，自从我们开始讨论这个话题，就总是我一个人在说话。"

她这样说是想往哪个方向去呢？

"我想了解你，不想就此打住。简而言之，就是这样。"

我又一次看了看她，依旧不确定目前的一切最终会导向何方。请别让我怀抱希望，米兰达，别这样。我甚至不想跟她提起这个话题，因为那也会带来希望。

服务生给我们端来两杯咖啡。

"美式咖啡，"她开口，又换上了之前戏谑的语调，"是专给那些想喝意式浓缩咖啡但又喜欢美国咖啡的人，又或者是给那些想喝意式浓缩咖啡，但想喝得慢一些的人——"

"回到你之前说的话上。"我打断她。

"我之前说什么了？"她是在试探我，"我好像已经认识你很久了，还是我想了解你，不想就此打住？两者皆有。"

这一切都是何时发生的？在火车上，在出租车里，在她父亲的公寓，在厨房，在客厅，在阿尔瓦尼别墅外，当我们说起马尔古塔小姐时，抑或路过我曾经的家时？为何我会觉得她一直在让我偏离航线，即使一部分的我很清楚她根本没有那样做？

我心里的感觉她肯定一清二楚，打从一开始就很明显，连六岁孩子都看得出来；但是米兰达的想法，又是在什么时候产生的呢？在想入非非的几分钟之前，我还没有把它们当真，就已经退缩了。紧接着，我又被那种想法打击了。多年前，在不出三个街区以外的某栋楼里，我正在读拜占庭古籍评注，迷失在伊斯兰教创立前的君士坦丁堡，而那时，即将成为米兰达的细胞还没从她父亲的身体里释放出来。我目不转睛地盯着她。她给了我一个勉强的微笑，与之前的笑容不同，这个笑容并不属于那个得意扬扬、任性恣意、倔强顽固、知道美式咖啡是什么的姑娘。我本可以问问她，怎么了？但我忍下了。我们两个都没有说话，在这段别别扭扭的沉默尾声中，她唯一的举动就是轻轻摇了摇头，仿佛是在否定自己，把某个傻乎乎的想法甩开，因为她知道，不说出来反而更好。我在火车上就见过她这样做，她坐到我对面的那一刻就是这样。此时此刻，她低头去看自己的咖啡杯，她的沉默使我不安。

我们盯着彼此，仍旧默默不语。我深知，一旦我说出一个字来，就会打破魔咒，所以我们坐着，沉默对望，沉默对望，仿佛她也不想解开这魔咒。我想问，你出现在我的人生里是要做什么？如此年轻而美丽的人儿竟然真的存在？竟然真实存在于电影和杂志之外？

忽然间，那个古希腊语动词"opsizo"闪现在我的脑海之中。我克制自己不要告诉她，但我忍不住。我解释说"opsizo"的意思是抵达宴会的时候已经太晚了，或者在最后一刻才来，也可以表示今朝有酒今朝醉，把过往所有浪费掉的年华全都在今晚挥霍掉。

"你想表达什么？"

"没什么。"

"确实。"

她用胳膊肘轻轻推了我一下，是在说别再提那个了！而后她指向一个独自坐在桌边的女人："她一直在看你。"我才不信她呢，但我喜欢这个想法。另一个人正在抓耳挠腮地玩填字游戏。"她玩得不太顺利。"米兰达说，"也许我应该帮帮她，给她个提示，今天早上在车站的时候我刚填完。顺便说一下，那个人又看你了，在你右手边四点钟方向。"

"我为什么就没注意到这些事情呢？"

"或许因为你不是个活在当下的人。比如说吧，这就是活在当下。"她说着便探过身来，亲吻了我的嘴唇。不是个满满当当的吻，但延续了一会儿，而且她还用舌头触碰了我的嘴唇。"你很好闻。"她说。

好吧，我现在十四岁，我心想。

之后，在给我的听众讲述土耳其人劫掠君士坦丁堡的可怕画面时，我回忆起我们走过特拉斯特韦雷狭窄的街道时，她如何牵起我的手，仿佛生怕在人群中把我弄丢，而事实上，担心的那个人是我，我怕她随时从我的手中滑脱，消失不见。我想起走出蒂卢萨咖啡馆的时候，我终于拉住她的手，她如何钻进我怀里，如何双手握成拳头抵住我的胸口，仿佛想挣脱我的拥抱，把我推开，但在我松开她并亲吻她之前，我明白了，这只是她顺从我的方式而已。我从来没有那么长久地亲吻过一个女人，显然也从未如此充满激情，我本打算告诉她，结果她只说了句："抱着我，抱着我就行，塞米，吻我。"

真是人间尤物。

我继续讲述佛提乌书目里令人难以置信的损失，与此同时，我也将我与她的故事的精华保留到了最后。"我知道一件事。"我对她说。"什么事？""来跟我住，我在海边有座房子。"聊天的时候这个想法自然而然地冒了出来，我连想都没想就突然跟她说了。我这辈子还没说过这么不着边际的话呢，而她的回答则比我刚刚说的话还要惊人，让人瞬间疑虑全消。

"太荒唐了。我的朋友肯定会觉得可笑，并且心想米兰达肯定是疯了。"

"我知道，但是你愿意吗？"

"愿意。"

而后，她好像是第一次多想了一下："待多久呢？"我的回答也是此生从未有过的，但每个字都无比真诚："你想待多久就待多久，一生那么久也没问题。"我们都笑了。我们笑，是因为都不相信彼此是认真的，而我笑，也是因为我知道，我是认真的。

紧接着，我还没有丢失自己的思路，仍旧继续向听众讲述人类永远失去的那些书籍，与此同时，我想象着她面色潮红，赤裸的双膝打开，用我握住的那只手引导我的模样。那一天很快就会到来，我们可以在每天正午前到第勒尼安海游泳，我能从那只手上尝到一点咸味。

"这就是我们要做的事情。"一走上加里波第大街她就说，"我会坐在听众席后排，坐在你看不见的地方等你，每个人肯定都想跟你说话，问你有关讲座的问题，还有你其他的书，然后我们就溜走，去一个藏有好酒的地方吃晚餐，因为我想要一个美酒相伴的夜晚。吃完饭以后呢，我们要去我熟悉的酒吧来一杯睡前饮料，你会把这辈子跟所有人讲过的所有事再跟我讲一遍，而你想知道的关于我的一切，我也都会一一告诉你，之后呢，我就送你回酒店，或者你可以送我回爸爸家。现在告诉你也无妨，我第一次的时候很糟糕。"

　　她说出了大多数人在面对真相前根本不会讨论的事，我很佩服她。

　　"谁第一次的时候不糟糕呢？"

　　"你怎么知道的？"

　　这话让我们俩都笑出声来。

　　"你为什么糟糕？"我问。

　　"我得花点时间才能习惯某个人。可能是紧张，虽然我和你在一起的时候并不紧张——而这本身让我很紧张。我真的不想这么紧张。"

　　"米兰达，"我们停在小巧的坦比哀多礼拜堂门口，在观赏布拉曼特的杰作时，我拥住她，"这是真的吗？"

　　"你告诉我，你现在就告诉我。我不需要证据，你也不需要，但我不希望受到惊吓，我也不想受伤。"

　　"酷。"我听见自己说，这又让我们两个都笑起来。

　　"那我们就没问题。"

随后我们来到演讲大厅，主任打断了我们的对话，他希望护送我去临时休息室，于是我们便仓促地分开了。她表示演讲结束后会在门口等我。

事情是在我把讲稿收进纤薄的皮质文件夹后发生的。我和主办方握手，和另一个教授握手，和所有热情的专家、同事、学生握手，结束之后他们全都涌上了讲台，但我的表现传达出我在赶时间的意思。有一个年长的同事感觉到我急着离开，于是做出送我离开的样子，结果却把我堵在了某个门口，问我有没有可能看看他即将出版的关于亚西比德和西西里远征的样稿。我们研究的主题远比外人看来的更接近，他说。"你不知道，我们的兴趣有多相似。"他继续说。我能把他介绍给我的编辑吗？当然，我回答。我刚刚从他那里脱身就被一位年迈的女士拦了下来，她说她读过我的全部作品，我只得不情不愿地驻足倾听。我数着我们之间的距离与流逝的一分一秒，发现她在说话的时候唾沫横飞，非常可怕。

终于，我离开了礼堂，来到米兰达所在的地方，我知道她在哪里等我，但我举目望去，她并不在。

我连忙顺着主楼梯下楼，但她也不在大厅，于是我又再爬楼梯回到二楼，绕着礼堂走了一圈。没人。我们俩都没想到交换电话号码，到底为什么没想到呢？我推开了通往礼堂的沉重铁门。走道上仍然有少数学生还在聊天，明显是要离开了，两名管理员已经在收拾大家用过的纸杯和过道上的垃圾。门边站着另一个管理员，身上挂着巨大的钥匙链，似乎已经耐心全无，因为他要等所有人都出去，包括院长，这样他手下的人才能工作。

我回到大厅里，见周围没人看到，甚至推开了女洗手间的门，呼唤她的名字。无人应答。她是不是去了地下室的厕所呢？地下室漆黑一片。

我从楼里出来，一眼看到角落的咖啡馆外聚集了黑压压一群人。她肯定也在其中。结果没有。我想责怪那个大惊小怪的同事，责怪那个用口水和闲话淹死我的老妇人。我跟米兰达承诺过，顶多十分钟就能出来，我是不是完全判断错误？是不是我的错，因为人们要签名的时候我没有拒绝？

我又看到那个挂着钥匙链的工头从楼里拖着脚步出来，锁上了一扇出口处的门。我很想问问他有没有见过一个年轻女孩，在找她的——我应该说什么呢——她的父亲？

我应该去她父亲家看一眼吗？

紧接着，我灵光一闪，怎么就没有早一点想到呢？她消失了，改主意了，溜走了。她坦承过，她摆脱别人前向来不会有什么征兆，也不会给什么预警，此刻的情形与此无异。哎呀，用她自己的话说，她出走了！

整件事都是一场幻梦，是我自己一手编造出来的。火车，鱼，午餐，布拉曼特的坦比哀多礼拜堂，年轻的飞行员，掉进冰川裂隙的瑞士夫妇（女儿都已经比他们当时还要年长，这时才最终有了他们的消息），预见了拜占庭覆灭的希腊人逃往威尼斯，将希腊语一代代传承下去，直到再也没有一个人能想起来，为什么威尼斯语里会莫名夹杂着几个希腊语单词——一切，一切都是虚构的。真是个白痴！

这个词自己跑到我嘴边，而我听见自己的嘴巴说了出来。我忍不住哈哈大笑。我又重复了一遍这个词，Ee-jit。第二次听就没那么好笑了，第三次就更不好笑了。你在想什么呢？我能想到，第二天见儿子时，当我和他说起这个名叫米兰达的女孩，说我在火车上遇到她，而她带我去了她的父亲家里，让我渴望一些早已在我的人生中消失的东西时，我一定会听到他说这句话。

天已经黑了，我发现自己正沿着贾尼科洛大街往前走，这是我唯一认得的路，最终经过了我的旧公寓，仿佛这样就可以重新设置好我的位置，让我回到地面，告诉我，我是谁。那栋楼年久失修，在与时间的对抗中渐渐歪斜，我未曾想到会这么快，宛如我本人，还有我那愚蠢的守夜。这也让我想仰天大笑。都已经这么多年了，你还是什么都没学会，你还是希望她能出现在你的门口，说一句我就在这里，全部属于你。

Ee-jit，她肯定已经逃跑了。

两年之内，当他们再度邀请我来时，我一定会路过这个地点，嘲笑我渴望成为的那个人，嘲笑我竟然白日做梦，打算与人分享我在海边的房子。现在，只是守夜了。有那么一瞬间，我想要告诉她，我已经做好准备，可以放下一切。你想要去哪里，何时去，去多久都可以。我不在乎。

就在这里，就在今晚，我变成了一个负数。

我甚至没法生气，无论是对她还是对我自己。我内心满是怨恨，不是怨恨她撒了谎，耍了我，也不是因为她纵容自己的幻想，让幻想肆意驰骋，搅动我的思绪，更恰当地说，是狠狠撞上我的幻想，而是她改变了想法——可谁又能为此责怪她呢？我之所以怨恨，是因为我选择了信任她，而这份信任又无法夺回。她破坏了这份信任，将它击落，没有为了这份信任或者为了我再多想一想。我想回到今天早上，做回火车上的那个自己，我希望今天发生的一切都被消除——什么都不曾发生过，Ee-jit，当然都发生了。

之后我又继续思考，我们会关掉灯，锁上门，放下百叶窗，学会再也不抱希望，至少此生不再奢望。

我无须穿过这座桥。我所做的就是仰头去看她父亲住的那栋公寓，我望着最后一层，看到所有灯光都已熄灭。不在家，不奇怪。

她知道我肯定会来，所以故意躲出去，于是我只好步行回到酒店。即将踏进酒店的那一刻我才意识到，我原本的计划其实并不赖。随便吃点东西，看部电影，喝杯酒，上床睡觉——见完儿子后便离开罗马，然后把一切抛诸脑后。

可是！事情变成了这样，我还是万分沮丧。

我正要跟酒店前台说，希望他们早上七点半能提供叫醒服务，却一眼看到了米兰达。她就坐在布满长廊的那些咖啡桌之中，就在前厅后面，正草草翻阅杂志。"我想了一下，你肯定无论如何都会下决心跑掉，所以我就等着。我是不会再让你离开我的视线了。"

我什么话也没说，只是拥她入怀。

"我以为……"

"白痴！"她嗔道，而后缓和了语调，"可是你找到我了。"

我把文件夹递给前台工作人员，走了出去。

"你答应陪我吃晚餐的。"

"现在就吃。"

"你在这里演讲完之后一般会去哪儿呢？"

我告诉了她餐厅的名字。她知道这个地方，并且很喜欢。服务员给了我们角落里的安静餐位，酒水充足，虽然不是最好的酒，但我们喝光了一瓶。晚些时候，我们又一次经过我从前的住处。我抬起头来，看到三楼亮起了一盏灯。"伤心了？"她问。"没有。""为什么？"我给了她一个你在给我挖坑的表情，同时微微一笑。

她拿出很大的相机，开始给这栋楼拍照，拍摄从前属于我的那扇窗口，那里此刻亮着灯光。"你觉得他此时此刻在楼上做什么呢？"

"哦，我不知道。"但我心里想的是：楼上的年轻人在等待，仍然在等待。他怎么会知道多年前你还没有来到这个世界呢？冬日夜晚，每次在楼上做饭时，我总是偶尔朝厨房窗外看一眼，我在等待，可来敲门的总是别人。在研讨会上，当我点燃一支烟时——那时候开会是可以抽烟的，我等着你破门而入。在人潮汹涌的电影院，和朋友们在酒吧，无论何地，我都在等待，可是我找不到你，你从未来过。在许许多多次派对上，我始终希冀着遇见你，有时候我甚至以为自己遇到你了，可那从来不是你，当时你才两岁，当我们吆喝着喝第二轮酒时，你的父母正给你读第二篇睡前故事。一如既往，一如从前，时间一分一秒地流逝。最终，我不再等待，因为我不再相信你会误入我的人生，因为我不再相信你的存在。在我的人生中，除你之外的每一件事都发生了——马尔古塔小姐、我的婚姻、意大利、我的儿子、我的事业、我的书，唯独缺了你。我不再等待，学会适应你不在场的生活。

"那些年里，你最最渴望的东西是什么？"

"从根本上说，就是一个完完全全了解我的人，一个和我一样的人。"

"我们进去吧。"她说。

那一瞬间，我以为她的意思是我们俩都上楼去，惊扰目前的住户。"别了吧。"

"我是说到前厅里去。"

没等我回答，她就推开了巨型玻璃大门。

我告诉她，前厅的味道还和从前一样——那已经是三十年前了，混合着猫尿、霉菌和腐烂木板的气味。

"前厅永不衰老，你不知道吗？站那里。"她说着又拍了几张我站在前厅里的照片。她不断往后退，好把我框进取景框，我感到自己和她的距离拉近了。

"你动了。"

"米兰达，"最终我说，"我身上从未发生过这种事，而这才是最恐怖的部分。"

"什么，这一刻？"

"我可能没赶上我们搭的那班火车，并且永远也不知道我这一生过得多么死气沉沉。"

"你只是害怕而已。"

"然而，怕什么呢？"

"等到明天，一切都可能烟消云散。没必要害怕。"

这一次，站在旧公寓楼的前厅里，闻着熟悉的味道，我想要告诉她，回到这里感觉有多么奇怪，我觉得此前那么多年的时光仿佛一块无人区，充满微小而琐碎的快乐，而这一切让我的人生锈迹斑斑。我想刮掉锈迹，重新从此地出发，和你一起，把一切重来一遍。

我并没有说出这句话，而是静静地站着。

"怎么了？"她问。

我摇摇头，引用了歌德的一席话："迄今为止，我生命中发生的一切不过是序幕，只是拖延，只是消遣，只是浪费时间，直到我遇见了你。"

我慢慢靠近她，她放下相机。她知道我要吻她了，所以猛地将后背贴在墙上。"吻我，吻我。"我双手捧住她的脸颊，嘴唇慢慢向她靠近，温柔地亲吻她，亲吻嘴唇，而后，带着一直以来拼命压制的全部激情与渴望——从吃午饭开始，从看她洗盘子开始，从她俯身和鱼贩对话开始，我想要亲吻她的脸颊、她的脖子和她的肩膀。我以为我会想起许多年前自己在这个前厅里亲吻过的另一个女孩，而我唯一想起的只有这里一成不变的发霉地毯，散发着腐朽的恶臭。前厅永不衰老，我们也不会老，我心里想，哦，但我们确实变老了，我们只是没有长大。

"我就知道会发展成这个样子。"她说。

"这样是什么样？"

"不知道。"片刻之后，她说，"又来了。"因为我的反应不够快，所以她一把将我拉向她，毫不犹豫地张开嘴亲吻我，让我震惊不已。她的两只手用力夹住我的脸颊，直到她伸出一只手来，握住我变得坚硬的部分，太出乎意料了。"我就知道他会喜欢我。"

我们离开了旧日的公寓楼，经过街边绵延的摊贩，他们似乎从来都不需要睡觉。小巷里闹哄哄的，我喜欢喜庆的人群、客流满溢的餐馆和酒吧，每家店门口都有一盏红外线加热灯。"我喜欢夜晚时分的这些小巷弄。"她说，"我在这里长大。"

我再一次拥她入怀，亲吻了她。我渴望了解她的生活，我告诉她我想知道所有的事情。

"我也一样，"她说，过了一会儿她又说，"我从来没有遇见过这样一个人，一个想要拥有真正的我，或者说想要现在这个我的人，而你没有秘密吗？一个沉重的秘密，渐渐变成无法拆除的高墙？我希望在我们亲热之前，把高墙推倒。"她说。

"我当然有秘密。我们都有秘密。"我说，"我们每一个人都好像是月亮，只向地球展现出很小的一部分，从来不展示全貌。我们大多数人都遇不到那些能理解我们全部自我的人。我只向人们展示我认为他们可以理解的那部分自我，给不同的人看不同的部分，但总有一个阴暗面是只留给自己的。"

"我想知道那个阴暗面，现在就告诉我。"

或许是因为我们聊天的时候天色已晚，有利于倾吐秘密，来到特拉斯特韦雷大街的新圣母马利亚教堂时，我对她说了马尔古塔小姐的事情："你看，我们的第一次，也是唯一一次，是在伦敦一个破旧的廉价小旅馆里。房东刚把我们带到房间，我们就脱光了衣服。那是傍晚时分。我们拥抱，亲吻，再拥抱，尝试得很艰难，但我们很坚持，认为如果欲望趁机开溜，那也肯定只是暂时的，很快还会回来，但它并没有回来，我年轻健壮，所以我和她一样困惑。她做了很多尝试，但感觉都不对，我也努力了，可也没办法激发她的欲望。有些东西不对劲，虽然我们也讨论了究竟缺了什么，但都说不出所以然来。夜幕降临，我们重新穿好衣服，在布卢姆斯伯里街区闲逛，像两个游魂，都假装自己饿了，正在寻找能吃口饭的地方。结果我们喝了很多酒，再回到房间的时候，什么都不曾改变。最终我们还是成功了，但那是我们共同坚持完成的任务，并非出于欲望，最重要的是，在最后的那一刻，我喊出的却是另一个女人的名字，是当时一直在和我约会的女人。我能肯定，我们俩都松了口气，因为两天后，我们都回到了各自在罗马的家中。她非常非常努力，想继续跟我做朋友，但我避开了，非常冷血，或许是因为我无法面对自己带给她的失望，抑或是因为我知道这样既会损害我们俩之间的友谊，也会损害我同她未婚夫之间的友谊。几年后，她病得很重，命悬一线时，曾试着联系了我几次，但我都躲开了，没有回复她。我永远永远也不会忘掉这件事。"

她一言不发，静静听着。

"你想吃冰激凌吗？"我问。

"想。"

我们进了一家冰激凌店。她要了葡萄柚味，我要了开心果味。

走出冰激凌店的时候，她说她太喜欢这一切了，喜欢这一天的结尾，喜欢我们相遇的方式，喜欢阅读、午餐、喝酒、爸爸，还有此时此刻。

快到酒店的时候，她换了话题："这绝对不是什么一夜情。"

"对我来说也不是。"

"我只是想说，"她说，"我得打个电话。你不用吗？"

我摇摇头："你要跟他说什么？"

"谁？我爸爸？他早就睡着了。"

"你男朋友！"

"我不知道，不重要。你是不是真的不用给任何人打电话？"

我看着她："已经很久不需要了。"

"只是想确定一下而已。"

"我们去酒店吧。"

不到三十秒她就打完了电话。"仓促而敷衍。"我评论道。

"正如他的性别一样。他说他一点都不意外，他也不应该意外。就是这样。我跟他说，没有商量的余地。"

我喜欢那句没有商量的余地。总有一天她也会把没有商量的余地几个字用在我身上。一进酒店房间，我就发现我的行李包放在一张窄桌旁的行李架上。房间里只有一把椅子。我还记得一大早我就收拾好了行李，倏忽回想起来，恍如隔世。我想起行李曾放在她父亲的沙发旁。行李员肯定是下午给搬了过来。飞快地扫视一圈后，我发现房间非常小，虽然我经常要求住这一间，所以我向米兰达道歉，解释我每次来罗马的时候都会要这个房间，因为有阳台。"阳台有七个房间那么大，俯瞰罗马的视角非常惊人。"接着我就打开百叶窗，走上阳台，她紧随其后。外面很冷，但风景和她爸爸家里一样，让人过目难忘。所有罗马教堂的圆顶都闪着红光，映入眼帘，只是房间却比我记忆中的小了许多，大床边几乎没有留下走动的余地。房间里的照明也不够，但我却完全不因此心烦。我很喜欢现在这个样子。我偷偷看了她一眼，她似乎也没觉得有什么不妥。

我很想抱住她，但脑中冒出了一个奇妙的念头。我现在还不打算脱衣服，也不打算像电影里那样撕掉她的衣服。

"我想要看你赤身裸体，只是想看。脱掉 T 恤、衬衫、裤子、内衣，还有登山靴。"

"连登山靴和袜子都要脱？"她打趣了一下，但照做了，完全没有反抗，不断地脱着，直到全身一丝不挂，光脚站在至少二十年没换过的老旧地毯上。

"你喜欢吗？"她问。

我们的房间正对院子，并且暴露在所有酒店房间面前，我有点担心其他客人或许会看见我们，但转念一想，看就看呗。她也同样不在乎。她双手搭在脖子后面，认为这样可以炫耀自己的胸部。她的胸不是很大，但非常坚挺。

"现在轮到你了。"

我犹豫了一下。

"我不想留下遗憾，我不想要秘密。今晚一切都坦坦荡荡。不洗澡，不刷牙，不漱口，不喷除臭剂，什么都不做。我已经把埋藏最深的秘密告诉你，你也已经告诉了我。等我们合二为一的时候，我不希望你我之间、我们与世界之间有任何芥蒂，因为，我希望这个世界能够了解我们在一起时的样子，不然就没有任何意义，我现在就回爸爸家里去。"

"别回你爸爸那儿。"

"我不会回爸爸那儿去。"她说。我们俩都露出微笑，继而哈哈大笑。我朝她伸出左手腕，她帮着我取下袖扣。我并没有请她这样做，但她猜到了。我有一种感觉，觉得她同别的男人做过这件事，但我不介意。

脱得一丝不挂后，我靠近她，第一次感受到了她的肌肤，她整个身体都贴在了我身上。

这就是我一直以来所渴望的，这一刻，还有你。她看出了我的犹豫，所以马上拉起我的左手，放在她两腿之间，说道："它是你的了，我告诉过你，我希望你我之间没有一丝阴霾遮蔽，绝无折中。我不会承诺什么，但我要和你融为一体。告诉我你也一样，现在就告诉我，别把手拿开。如果你还没有准备好——"

"你就回你爸爸家去。我知道，我知道。"

她这么说话让我充满欲望。

"现在，就看看那座灯塔吧。"她说，"他想要我，不是吗？"

我喜欢这个说法。

我拿下行李架上的行李包，坐在架子上，而我刚一坐下，她就过来坐在了我腿上，慢慢让我们成为一体。"现在好些了吗？"我们紧紧相拥时，她问道，"你想知道的一切我都会告诉你，一切，但是，别动。"她说着用力搂住我，让我把她抱得更紧。她在挑逗我，捧住我的脸颊，直视我的眼睛，正如在咖啡馆里那样，最终她说："顺便告诉你，我这辈子还从没和人如此亲近过。你呢？"

"从未。"

"真是个骗子。"她又搂住我。

"你再这样做，"我说，"我就完全没办法把你说的话听进去了。"

"哪样？这样吗？"

"我警告过你了。"

"她只是在说你好。"

我们再也无法自持，立刻投入到行动之中，但最后还是发现床最舒服。"这就是我所拥有的一切了，这就是全部的我。"她说。

之后，我轻抚她的面庞，对她微笑。"我要退出来了。"我说。"我也是。"她微微一笑，抚摸自己，然后用潮湿的手触碰我的脸，触碰脸颊还有额头。"我想让你闻闻我。"她触碰了我的嘴唇，我的舌头，我的眼皮，我深深吻了她，这是个信号，我们心照不宣，这是一个人给另一个人的礼物，从远古时代起就是。

"他们是在哪里造出你的呢？"休息的时候我说。我想表达的是我不知道在此之前，人生是什么样的，所以我只能再次引用歌德的话。

"希望你们享受这场演出。"过了一会儿，她看向窗外，发现百叶窗是拉开的，于是对着窗户说道。我耸了耸肩。我俩都不在乎。

我正要起身。

"先别走，我就想像这样待着。"她看向左侧。我们都不曾注意到，有一盏街灯闪烁着红色和绿色的光芒，将屋内照亮。"像阴暗的电影。"我说。

"没错，但我不想看到好莱坞电影里的那种剧情走向，冷静下来的教授又变回了温良恭俭的样子，为被自己抛在脑后的生活而感到愧疚，而他和火车上那位匿名小姐所分享的一切只不过是个肤浅的战栗，甚至不会让他的心颤动一下。"

"绝对不会！"

可她看起来很沮丧，我觉得她眼中有泪水打转。"我所有的一切都是属于你的，虽然我拥有的并不多，你知道的。"她说。我伸手拂掉她脸颊上的泪水。

"你所拥有的一切都是我不曾拥有的，我还能奢求什么呢？问题应该是——你想要的人为什么会是我？毕竟你还能得到更好的，比如，要个孩子？"

"这个嘛，不用想也知道啊。我确实想要个孩子，但是我想要你的孩子，不想要其他人的——哪怕这个周末过后，离开海边的房子之后，或者随便什么之后，我们再也见不到彼此。我觉得，在阿尔瓦尼别墅外面的时候，我就已经非常清楚这一点了——甚至在那之前就已经意识到了。"

"什么时候？"

"就在你差点亲我但忍住的时候。"

"我忍住了？"

"难道你没有？"

关于孩子的思绪席卷而来。"我也想要一个你的孩子，我现在就想要，"好在我马上打住，"但我不想擅自设想。"

"继续，看在上帝的分上一定要设想一下！"

"我可真是够自私的，你给的一切照单全收。"

"那你能干出疯狂的事儿来吗？"她问，"因为我能。"

"你说的疯狂是指什么？"

"就是这一生要把你在乏味的、日复一日的、毫无价值的另一种生活里所有不能做的事情都做一遍。你愿意和我一起做吗——现在就开始？"

"愿意，但你真能放下所有吗——你爸爸，你的工作？"我问她，已然注意到自己就像那种找借口拖延着不做决定的家伙。

"我带了我的两个相机。真的，只要有这些就够了，其他东西在哪里买都可以。"

她问我是不是困了。我并不困。我想出去散散步吗？很乐意，我说。茱莉亚大道空无一人的时候真是梦幻国度。"路的尽头，右手边就是个小酒馆。"

"洗澡吗？"我问。

"你敢！"她说。

我们迅速穿好衣服。她穿的就是在火车上穿的那一身。我买了一条斜纹布裤子放在包里，此刻高高兴兴地穿上了身。

酒店外，大街上空空荡荡。

"我特别喜欢鬼魅般的罗马，空无一人，就像现在这个样子。"

"是让你想起了什么吗？"

"并没有。你呢？"

"没有，我也不希望有。"

我们手牵着手。

"你希望自己的新生活是怎样的？"

我不知道该说些什么："我希望是和你在一起。如果我们认识的人不愿给我们让路，那我们就摆脱他们。所有你看过的书我都想看，你爱的音乐我都想听，我想重游你熟悉的地方，用你的眼睛看世界，了解你视若珍宝的一切，和你一起，开始新的人生。你去泰国的时候，我会和你一起去，当我要演讲的时候，你就会坐在最后一排，就像今天一样——别再消失了。"

"世界按照你我的意愿运转。我们是要在保护膜里度过余生吗？我们竟然这么天真吗？"

"你是说，我们从此刻的梦境中醒来时的情形吗？我不知道，但有很多地方我都想要改变。"

"比如说？"她问。

我一直想要一件皮夹克，就像她那件那样。我一直都希望自己的穿着打扮别像那种按时去教堂做礼拜、在去高尔夫球场的路上会把领带摘下来的人。我还想把昵称变成我的名字，要是我剃个光头或者戴耳环的话，她会怎么想呢？但最重要的是，我不想再写历史书了——可能会写部小说吧。

"一切！"

"我们永远也不要醒过来。"

我们沿着茉莉亚大街散步。她说得没错，街上空空荡荡，我喜欢这绝对的寂静，夜晚的黑色玄武岩街道仿佛蒙上了一层釉彩般的光芒，偶有一两盏街灯为罗马投下微弱的橘色灯光。儿子曾经向我描述过夜晚的罗马，但我从未亲眼见过。

"所以你是什么时候——注意到我的？"她问。

"我已经告诉过你了。"

"那就再说一遍。"

"在火车上。我马上就注意到你了，但我不想去看你。这个脾气暴躁的小东西是假象。那你呢？"

"也是在火车上。这里有个很懂人生的男人，我心想，我就想不停地和你聊天。"

"你根本一无所知。"

"我根本一无所知，我会和你一起湿漉漉地走在街道上。"

"这可是你说的。我浑身上下都是你的气味。"

她朝我的脖子靠过来,舔了舔。"你确实让我爱上了真正的自己。"接着她又想了想,"我希望,你让我痛恨自己的那一天千万不要到来。那现在再跟我说说,你是什么时候觉得我们有可能的。"

"是在鱼摊旁，某一刻。"我继续说，"当你不断去指你想要的鱼，身体往前探时，我开始注意到你的脖子、你的脸颊、你的耳朵，我渴望爱抚你每一寸裸露的皮肤，从胸骨一路往上。我甚至想象到你赤身裸体向我求欢。然后我就把那些思绪都赶走了——有什么用呢？我心想。"

"所以你想要一个什么样的昵称呢？"

"反正不是塞米。"我说。然后我告诉她，九岁或者十岁之后就没人再这样喊过我了，除了那些年迈的家人或者远亲，其中有些人还健在。写信给他们的时候，我还是会署那个名字，不然他们不知道是谁。

回到酒店后，今晚发生的一切如海浪般激荡往复，仍旧那么不真实——没有任何事情可以拿来类比——不真实，是因为我很清楚，我很怕，这样的热烈向来难以持久——不真实，是因为它让我周遭的一切变得脆弱易碎，我的生活，我的朋友，我的亲人，我的工作，还有我自己。

我们亲密地躺在一起。"合二为一。"她说。"除了吃东西或者去洗手间的时候。"我补充。"那也不行！"她开玩笑道。我们双腿交织，缠在一起，我闭了一会儿眼，却看见她同我生命中遇到的诸多女人有多么不同，对于我们渴望并寻求的人而言，我们的躯体竟然有如此的延展性，能提供我们所渴望与寻求的，而最令我困惑的是，当我回忆这一生的时光时，在我们和陌生人共度第一个夜晚时，我们的一道道大门微微开启，然而当我们并肩走得更远时，这些微启的大门却随之紧锁，对此她没有说错：我们越是了解一个人，与这个人之间的大门越容易一扇扇次第关闭——而非一扇扇敞开。"吓到我了。"我仍旧

96

闭着眼说。"这个事实吓到你了？"她问，似乎无论我说什么，她都准备好嘲弄一番了。"我们两个人——"我开口了，但她立马阻止了我："别说出来，别说。"她突然尖叫着从我的怀里挣脱，伸出一只手胡乱地堵上我的嘴巴。一开始我还不太确定，但片刻之后，就在我意识到她的动作有多敏捷时，我嘴巴里尝到了一点血腥味。"抱歉，太抱歉了，我并不是想弄伤你，也没想冒犯你。"她惊叫道。"不是那样的。""那是怎样的？"于是我告诉她我嘴巴里有血，这让我想起在幼儿园和小伙伴练拳击时，我嘴巴里尝到了奇怪的味道，然后我第一次认识到，那一定就是鲜血了。"因为是你，所以我喜欢这个味道。"鲜血又让我回到了起点。忽然间我就明白了：长久以来我都孑然一身，哪怕是在我并不觉得孤单的时候——尝到一丝如鲜血般淋漓真实的东西远比什么都尝不到要好千百倍，远比品尝被浪费掉的贫瘠岁月好千百倍，索然无味的日子我已经过了这么多年。"那就打我吧。"她突然说。"你疯了吧？""我想让你打回来。""什么，是要扯平吗？""不是，我就是想让你打我的脸。""为什么？""看在上帝的分上，打就行了，不要再问东问西了。难道你以前从来没扇过别人巴掌吗？""没有。"我说，简直要为自己连一只苍蝇都没打过而道歉，更别提是打人了。"那就打吧！"说罢这几个字，她便抬起手掌，粗暴地扇了自己一巴掌，"就是这样打。就现在，打吧！"我学着她的样子，轻轻拍了一下她的脸蛋。"用力点，要非常非常用力，这样打一下，反手再打一下。"于是我打了她一下，她吓了一跳，但马上又送上另一边脸颊，表示另一边我也要打才行，于是我照做了。她说："再来一次。""我不喜欢伤害别人。"我说。"我知道，可我们现在是非常非常亲密的人，是要一起生活三百年的人，那也是你要使用的语言，无论你喜不喜欢。你喜欢有滋味，我也喜欢，现在吻我。"她吻了我。我也回吻了她。"我伤到你了吗？""别在意，是不是让你很不好受？""是的。""很好。""我的灯塔。"她喘息声粗重，双手沿着我的身体向下游走，坚定地握着我，"虽然在光天化日之下，我们穿满身行头，粉饰遮蔽，但这才是真正的我们，你在我体内，全部，汁液饱满。"

"别自欺欺人，这可不是度蜜月。"当我们坐在她想带我去的酒吧里时，她这样说。我们在角落里找到一张桌子，要了两杯红酒，然后又点了一盘山羊奶酪，吃完奶酪和一盘冷肉片后，我们又要了两杯酒。"希望我们能永远如此。"

"十二小时以前我们还是陌生人。我是个昏昏欲睡的男人，而你是带着一条哈巴狗的小姐。"

我环顾四周，我没来过这里。

"跟我说点什么吧，什么都行。"她说。

"我喜欢通过你的眼睛观赏罗马。明天晚上，我还想和你一起回来这里。"

"我也是。"她说。

我们都没再说别的。酒吧关门前，我们是最后离开的客人。

每年的这个时候，酒店里的客人屈指可数，第二天一早，身穿白色外套的酒店员工正忙着和另一个同事聊天、玩笑，大厅里回荡着嘈杂俗气的音乐。

"我特别讨厌背景音乐，也讨厌他们哇里哇啦地胡扯。"她说道，同时抬手示意自己需要帮助。她毫不犹豫地转向一个碰巧在附近的服务生，问他能否小点声。来自客人的抱怨让他有点惊讶，但他并没有回答，也没有道歉，只是往后缩了缩，回到另一个服务生和两个女招待所在的地方，他们正站在那里大声说笑。他过去后，他们马上安静了。

"我越来越讨厌这个酒店了，"我说，"但每次来罗马我都会到这里来，完全是因为与我房间相连的那个阳台。天气暖和的时候，我喜欢坐在阳伞下读书。夜深人静时，我要么在阳台上和朋友们喝酒，要么就去三楼的那个露台。真的非常舒服。"

吃完早饭，我们穿过桥，打算去阿芬丁山，但很快又改了主意，转而沿着朗格塔维尔大街走了回来。这是星期六早晨，时间尚早，罗马格外安静。"以前这里有个电影院。""很久以前就关门了。""这一带以前有个小古董店。我买过一副小小的西洋双陆棋，来自叙利亚，棋盘上面满是用珍珠母拼成的马赛克图案。有个朋友借走了，然后弄坏了，要么就是丢了——反正我再也没见过。"漫步到坎波菲奥里广场附近时，她摸索我的手。广场附近，鱼贩正忙着摆摊，酒水店还没开门。距离我们上次来这里买鱼仿佛已经过去了一生那么久。

"我们这周都在这里过。"父亲给她开门时，她这样说。她买了充足的食物，够他过上三个星期。

"不错！"他顿了一下，努力掩饰见到女儿的雀跃欢欣，"那这一整周你们俩打算做什么？"

"不知道，吃东西，拍照，参观，在一起。"

"散步。"我补充道。很显然，父亲明白了我们是恋人，而且并不吃惊，或者至少是假装不吃惊。你能从他脸上看出来：昨天你们还是火车上的陌生人，几乎没什么接触……而现在呢，你正在搞我女儿。不错！她永远都是老样子。

"你住在哪里？"他问米兰达。

"和他在一起。从这里走过去只要五分钟，所以你能多看见我几次，比你以前讨价还价的次数还要多。"

"这是坏消息吗？"

"是超级好消息。我能把狗也留在你这儿吗？"

"那你的工作怎么办？"

"我唯一需要的就是相机啊，再说了，我已经腻烦远东了。或许我能通过他的眼睛探索罗马或者意大利北部的某些区域。昨天我们参观了阿尔瓦尼别墅，我可从来没进去过。"

"我还想带她去那不勒斯的考古博物馆。迪尔斯被两个兄弟绑在公牛上的雕像需要一位专家拍摄。"

"我们什么时候去那不勒斯？"

"如果你愿意的话，明天就可以。"我说。

"更多的火车之旅，完美。"她看起来真的欣喜若狂。

米兰达离开房间后，她父亲把我拉到一边："她其实并没有表面上看起来的那么完美，你知道的。她很冲动，脑袋里总酝酿着暴风雨，但她又比最易碎的瓷器还脆弱。请对她好一点，耐心一点。"

对此我无话可说。我直视她的父亲，而后露出微笑，最终把手放在了他的手上。这样做是为了让他安心，是一个传达温暖，表示平静与友善的动作。我希望这个举动别让我显得高人一等。

午餐几乎就是早餐的延伸。米兰达做了超大份的蛋饼。"你想怎么吃？"她问。"直接吃就行。"他说。"不然加点香料？"她问。他很喜欢香料。"拜托这次可千万别煎干了。真纳里纳的蛋饼就做得极其难吃。"

外面已经暖和起来，我们又是在露台吃的午餐。"核桃呢？"饭后他说。

"当然了，核桃。"

她回到屋里，拿出装满核桃的大碗，而后又去了书房，找出她一直在找的那本书，说她已经读了二十分钟。

我从来没看过夏多布里昂的书，但是通过她的朗读，我认定这就是我余生想看的书。每一天，吃完午饭，如此刻一般小口小口细品咖啡，如果她愿意，并且无事缠身，那么听她读二十分钟这位伟大法国作家的散文就会让我非常高兴。

喝完咖啡后，父亲并没有送我们到门口，他留在露台上，坐在桌边，目送我们离开。

"这对他来说肯定很不容易。"米兰达关上门的时候我说道。

"应该说是糟糕透顶。关上身后这扇门总是让我痛苦万分。"

在去往圣柯西马托广场的路上，她看着渐渐昏暗的天色，说："好像快下雨了，我们回去吧。"

现在回酒店为时尚早，于是我们便随意溜达进一个家居用品商店。"我们买两个一模一样的马克杯吧，一个有你的名字首字母，另一个有我的。"她说。

她坚持要买马克杯，我的上面是个大写的 M，而她的是个大写的 S，但她不太满意。"文身怎么样？我希望将你永远刻在身体上，像水印一样。我想要个小小的灯塔，你呢？"

我思索片刻。

"一颗无花果。"

"那就去文身？我知道一个地方。"她说。

我看着她，我为什么连一丝犹豫也没有呢？

"文在什么部位呢？"我问。

"就文在那个旁边……你知道的。"

"左边还是右边。"

"右边。"

"那就右边。"

她沉默了片刻。

"这对你来说是不是太快了些？"

"我很喜欢。会疼吗？"

"我也不知道，没文过。我从来没有文过，就连耳洞也没扎过。我唯一知道的就是，我希望我们的身体与从前不再相同。"

"我们会坐下来，看着彼此文身。"我说，"然后，当我去见造物主的时候，他会让我脱光衣服，完全祖露自己，看见我的小兄弟右边有个无花果文身。你觉得他会怎么说？'教授，你的小兄弟旁边是什么？''文身。'我如此回答。'一个无花果文身，是吗？''是的，主啊。''如此损毁耗时九个月才能塑造出的躯体，理由何在？''激情就是理由。''没错，然后呢？''我希望在身体上刻下记号，表明我希望改变一切，从身体开始。因为在我的一生之中，终于有那么一次，我明白了，人生不应留下遗憾。生命中有些东西，我总害怕它们来得轻松，去得也同样轻易，所以我把它当作印记留在我的身体上，这或许就是我的方式，我也因此把代表她的符号刻在自己的记忆之中。如果你能在我的灵魂上文下她的名字，那你应当立即这么做。你看，上帝啊——我能这么称呼你吗？——我正处在放弃一切的时刻，或者说，过着某个接受宣判之人的生活，畏畏缩缩，卑躬屈膝，把人生当作冰冷又空旷的等候室，突然间，刑罚美妙地减轻了——我知道我在使用一些生僻的词，但我知道你肯定明白，主啊——我的人生通过了黑暗、寂静、泥泞、逼仄而简陋的小路，我的人生膨胀成一栋大宅，面向开阔的原野，四周都是海景，大大的房间开着大大的窗。当你划亮第一根火柴，并知道光的美妙之后，整栋宅子将再也没有黑暗时刻，当海风穿堂而过时，窗户从不发出咔嗒咔嗒的声响，也不会摇晃，更不会猛然关上。'”

“原来你是个喜剧演员！之后上帝怎么做？”

“上帝当然让我进门了。‘你进天堂了，好人。’他说，但是我问：‘不好意思，尊贵的阁下，此时此刻，进天堂对我来说有什么好处呢？’

“‘天堂就是天堂，它好得不能再好了。你是否知道，放弃住在天堂的人都会怎样？想看看其他的选择吗？我可以给你展示一下。事实上，我可以带你从那边下去，让你看看，在那里你可以轻而易举地被钎子串起来，烤个外酥里嫩，就因为你在那地方文了个毫无意义的东西，你知道的，那里。可是你噘嘴了啊，为何？’‘为何？主啊，因为我在这边，而她在那边。’‘什么？你是希望她也死掉，这样你就可以在我的国度里宠爱她，爱抚亲吻她，享受你那点小乐趣吗？’‘我并不希望她死。’‘你是在嫉妒吗？她很有可能找到别的人，因为她肯定会找到别人。’‘我也不介意这个。’‘那是为什么，好人？’‘那是因为，在百万、万亿、数不清的永恒之中，我愿意再和她共度一个小时，再多那么微不足道的一小时，在无涯的时间荒原之中，这是完全可以忽略不计的一个小小斑点。根本无须你多做什么，我只想回到星期五晚上我们待在酒吧里的时刻，我们的手放在桌上，紧握在一起，服务生不断为我们上红酒和奶酪，酒吧里的客人渐渐离开，只留下恋人与亲密的朋友，而我唯一想要的不过是一个机会，好告诉她我们之间究竟发生了什么，即使它只能持续二十四小时，也值得无尽的等待，甚至是从人类开始进化之前，到我们化为尘埃，再到尘埃也消失之后，直到一千万亿年之后的那一天，在某个遥远星座的某个星球上，有个塞米将和米兰达重新开始。我要将最真挚的祝福送给他们，但是现在，善良的主啊，我唯一的要求就是再多一小时。'但是你没发现吗？'他问。'没发现什么？''你没发现你已经拥有了那一个小时吗？而且我给你的还不止一小时，而是整整二十四个一小时。你究竟知不知道，为了让你的小兄弟完成在你这个年纪很可能会失败的壮举，我有多不容易，而且还是两次？''更正：应该是三次，善良的主啊，三次。'他顿了片刻，又说：'再说了，要是现在我给你一个小时，你就会想要一天，如果我给了你一天，你就会想要一年。我很清楚你们这种人。'

"此时此刻，上帝似乎已经给了我额外的时间。这不合规矩，如果我告诉了除你之外的任何人，他就会矢口否认。你肯定会喜欢我在海滩上的家。每一天我们都可以在乡间散步，走上很久很远，还可以游泳，吃水果，有很多很多水果。我们可以看老电影，听音乐。我甚至会为你弹奏小客厅里的钢琴，让你一遍遍聆听贝多芬奏鸣曲中最美妙绝伦的片段，那是第一乐章中风暴忽然平缓的瞬息，你所能听到的只有一缓再缓的音符，如涓涓细流般轻轻响起，而后便是风暴再度席卷前的寂静。"

"我属于我所爱的人，我所爱的人属于我。这份欢愉能够持续多久呢？"

"我们需要知道吗？没有期限。"

文身师当天的预约已经满了，所以我们只好放弃文身的打算，转而四处漫游，最终回到酒店。在房间里，我问道："真是不敢相信你是那么美丽。告诉我你喜欢我什么……我有什么值得你喜欢的地方吗？""我不知道。如果我能打开你的身体，深入进去，看看里面的模样，那我一定要这么做。我可以怀抱你恬静的梦，让你的梦也成为我的梦。我愿成为还未幻化成人形的那根肋骨，欢喜地依附于你的躯体，如你所说，通过你的眼睛去看世界，而不是用自己的眼睛，倾听你复述我的所思所想，认定它们就是你的所思所想。"她坐在床上，松开我的皮带，"我已经有段时间没这样了。"说罢她拉开我的拉链，脱掉衣服，深深凝视我的双眼。她的目光在说，如果爱从不存在于这个星球，那么此刻，爱诞生了，在这个所谓精品酒店的狭小、破旧的卧室里，面朝逼仄的长街与无数窗口，欢迎窗口里的人们看过来。"吻我，立刻。"她的要求提醒我，我有多么幸运，能够在人生中忽然间看到这原始、凶残、凌乱而真实的一幕。一番长久的深吻之后，她带着些挑衅凝视我。"现在你知道了。"她说，"你相信我吗？"最终她问，"我已经将我的一切都给了你，而我未曾给你的，一丝一毫也没有，毫无保留。问题是，下个星期，我还要给你什么东西呢？而你是否还有所期待呢？"

"那就少给一些。我会接受一半，或者四分之一，甚至八分之一。

我能继续了吗？"片刻之后，她又说："我无法回到原本的生活之中了，我也不希望你回到从前的生活中。我在爸爸家中唯一的美好回忆就是你在那儿的时刻。我想要回到那一刻，我帮你整理衣领，而你握住我的手，我不住地想，这个男人喜欢我，他确实喜欢我，那他为什么不吻我呢？但我按兵不动，看着你暗暗挣扎，最终抚摸了我的额头，像抚摸一个孩子，而后我想，他认为我太年轻了。"

"不，是我太老了——我是这么想的。"

"你可真是个傻瓜。"她站起来，除掉包装马克杯的报纸，"杯子真可爱。"

"我有房子，你有马克杯，剩下的只是细枝末节罢了。每天我们都可以吃同样的简餐当午饭——番茄，切成丁，佐以我乐于亲手烘焙的乡村面包，还有罗勒叶，新鲜的橄榄油，一罐沙丁鱼——除非你为我们烤条鱼，花园里的茄子，甜点则是仲夏新鲜的无花果、秋天的柿子和冬日的浆果，树上长什么我们就吃什么——桃子、李子、杏子。我等不及要为你演奏贝多芬奏鸣曲中那短短的乐章，那轻柔的乐章。就让我们这样虚度时光吧，直到你感到无聊，并厌倦我为止。如果在厌倦之前，你期待有个孩子，那我们就在一起生活更久，直至属于我的时间用尽，到那时，一切答案都将显现。到那时，我不会有任何悲伤，你也不会有，因为你将和我一样，清楚明白，无论你将哪一段时间赠予我，我全部的人生，从童年、中学、大学到作为教授、作家的这些年，还有人生中无数大大小小的庞杂琐事，都在引导我遇见你，而这对我来说，已经足够好了。"

"为什么？"

"因为你让我爱上了这样的生活，仅此而已。我从来都不是地球这颗行星的粉丝，也不重视所谓生命这种东西，但是，想到我们俩赤身裸体地坐在阳台上，沐浴在正午的阳光之中，眺望大海，拿加了盐和油的番茄当午餐，饮下冰镇白葡萄酒，此时此刻，我的整条脊柱都如过电般战栗。"

而后，一个想法迅速冒了出来："如果我三十岁的话，这幅图景是否会更有诱惑力一点？"

"如果你三十岁的话，这幅画面中的任何一件事都不会发生。"

"你并没有回答我的问题。"

"如果你是我这个年纪，我会假装很高兴，我会假装热爱自己的工作，热爱你的工作，热爱我们的生活，但我只能一直假装，我在每一个认识的人面前都是这样假装的。我的问题在于，要弄清楚卸下伪装的那个我究竟是怎样的——可惜困难重重，也让我很恐惧，因为我的行为举止总是基于我应当是谁，而非我本来是谁，基于我应当怎样做，而非我从不知晓的某种渴望，基于我已经建立起的生活，而非另一种梦幻般的生活——我说服自己相信那只是一场梦。你是我的氧气，我一直都生活在沼气之中。"

我们躺在床罩上，她说床罩绝对没洗过。"有多少人曾像我们此刻一样，赤身裸体、汗津津地躺在这上面，你想象得到吗？"

对此我们一笑了之，一句话都没有多说，马上去洗了自火车上相遇以来的第一个澡，而后穿戴整齐去见埃利奥。

埃利奥就站在酒店门口。我们相互拥抱，等我松开他的时候，他才注意到，站在我身边的并不是碰巧与我同时踏出酒店的陌生人。米兰达立刻伸出手臂，同他握手。"我是米兰达。"她说。"埃利奥。"他回答。他们相视一笑。"我对你已经算是久仰大名了。"她说，"他一刻不停地提起你。"他哈哈大笑："他太夸张了，实在没什么好说的。"我们走出圆形的庭院，埃利奥小心翼翼地看了我一眼，又是诧异又是好笑，意思是，她是谁？她拦截了这满腹狐疑的一瞥，立刻回答："昨天他在火车上捡到了我，然后睡了我。"虽然有点别扭，但他还是笑起来。随后她又补充道："如果昨天你在泰尔米尼火车站等他的话，我就没机会站在这里告诉你这些了。"说罢她便拿出照相机，要我们站在酒店大门边。"我想拍一张。"她说。

"她是个摄影师。"我解释道，几乎像是在道歉。

"那我们应该怎么做？"儿子问道，他有点不知所措，不知道该怎么办。

米兰达马上就对情形做了判断。"我知道你们两个有属于你们的守夜活动要做，我不想打扰。"她强调了守夜这个词，以显示她对我们父子间的行话了如指掌，"但我可以跟在你们后头，我发誓一声不吭。"

"还得保证不笑话我们，"他说，"因为我们真的很蠢。"

我们就是这样走在一起的——若即若离，允许彼此间有一点点尴尬存在。我努力与米兰达保持相同的步调，同时还不能让儿子认为他在我生命中的地位因为她的存在而有所转变或者降低；但很快，走了几步之后，我发现自己走得离儿子更近，险些就疏忽了她。我还担心他会因她的存在而心怀不满，或许他原本打算跟我聊聊重要的私事，或许他还没准备好见她，至少不是这么突然。他肯定是注意到了我的不安，于是很体贴地走到了我们前头。我知道他是有意这么做的，是出于对她的尊重，因为我们平常都是并排走的。若说我们三人之间有什么紧张的气氛，那他的举动则平息了这种紧绷感，在我们一起穿过大桥时，亲密的愉悦感得以修复。

我们原本说好要去罗马新教徒墓园，但天空阴云密布，时间也已经晚了。在晴朗、静谧的工作日早上，墓园是个完美的去处，我说，但星期六下午则人流密集，熙熙攘攘，所以我们决定再走一遍茱莉亚大道，去我们都熟悉的一家咖啡馆。

在路上，我问埃利奥昨天晚上他弹奏了什么，他告诉我们是和来自卢布尔雅那的一个管弦乐队一起演出，演奏的是莫扎特的《降E大调交响协奏曲》和《d小调第二十钢琴协奏曲》。音乐会前一晚，他通宵练习，音乐会当天，他也练习了一整天。好在音乐会非常顺利。星期天下午他还得去参加那不勒斯的另一场音乐会。

"所以，我们今天要从哪一段守夜开始呢？"米兰达问，"又或者，会是个惊喜吗？"

我又一次担心起来，万一守夜只能是我们父子俩之间的小小仪式，容不下第三个人怎么办？所以为了放松心情，我告诉他，我骗了他，我已经和米兰达守了一次夜：罗马老城里的公寓三楼，我还是个年轻教师时的住所。

"带来三个橘子的小妞？"他问。

这话让我们三人都笑起来。

"马尔古塔大街上就没有其他要守夜的地方吗？"她问。

"有的，但我们今天就别去了。"

"确实，我们要去的咖啡馆从某种程度上来说也是守夜的地方。"埃利奥说。

"谁的守夜呢，你的还是塞米的？"她问。

"这个嘛，我们还不是很确定。"我说，"一开始是埃利奥的，然后呢，因为常常跟他一起回到那家咖啡馆，所以那里也成了我的守夜地点，于是最后就变成了我们俩的。所以你也可以说，我们覆盖了彼此的回忆，因此来到这里才更有深意，也有额外的收获，就连我身体里的那个教授也无以言表，而现在，米兰达，你也加入了这些守夜。"

"你看，我就是因为这样才爱他的。"她说着转向埃利奥，"我爱极了他搅动一切的思绪，仿佛生命是由毫无意义的小纸片组成的，一旦他动手折纸，这些纸片就变成了小小的纸模。你也是这样的人吗？"

"我是他的儿子。"他相当自觉地点点头。

圣欧斯塔基奥咖啡馆里人头攒动，我们连一张桌子都找不到，于是决定在吧台喝咖啡。埃利奥补充说，一年到头他都来这里，但坐下来的机会一次都没有。游客们接连不断地霸占这里的座位，一占就是好几个小时，浏览地图和旅行手册。他坚持要请客。当他从一群要么在等着点单，要么在付现金的顾客当中挤过去时，她走到我身边，问我："你觉得我有没有吓到他？"

"完全没有。"

"你觉得他是否介意我插足进来？"

"我看不出来。离婚后他一直让我找个爱人，都快把我耳朵磨出茧子来了。"

"那你找到了吗？"

"我认为找到了，她说她会和我在一起。"

"谁要跟你在一起？"埃利奥问道，他手里攥着收据，拼命想让意式咖啡机后面的那个男人注意到自己。

"她啊。"

"你有没有告诉她这是上了贼船？"

"没有，不过她很快就该害怕了。"

转眼间，三只杯子被放在了我们面前的台子上。

"三年前我来到这里，想和一个女孩来一场私密的守夜，结果却是场灾难。"埃利奥说。

"怎么回事？"米兰达问。

埃利奥解释，他努力去感受她在这间咖啡馆里的存在，想感受到某种意义，尤其是这个地方已经见证过他人生中其他的重要事件，结果他们吵了一架。她一直说这里煮的咖啡没什么独到之处，他反驳说，这根本就不是咖啡的事儿，重要的是在这个地方喝咖啡。他们的分歧不仅毁了守夜，也让他讨厌她。于是两人飞快地喝完咖啡，走出咖啡馆，朝着不同方向转身离开，再也没有见过面。

"许多年前，我是在这里才初次知道，作为一个艺术家，生活在艺术家之中，那样的人生将是怎样一番光景。爸爸每次来罗马的时候，我们都要到这里来。"

"那你成为艺术家的这些年和你期待中的生活一样吗？"米兰达问。

"我很迷信，所以必须要留意自己说出口的话，"他回答，"但还是令人宽慰的——作为钢琴演奏家的这些年。至于其他的嘛，嗯，我们不讨论其他的。"

"但我想知道的恰好是其他的。"我说，发现自己简直就是在重蹈米兰达父亲的覆辙。这一刻，米兰达意识到对话转向了私人领域，于是以找洗手间为由走开了。

"关于其他的，爸爸，"他继续说，"最近我的生活是一本合上的书，但我第一次来到这里时是十七岁，和那些阅读面宽泛、热爱诗歌、深入电影领域、对古典音乐无所不知的人在一起。他们将我纳入团体之中，中学和大学的每一个假期，我都到罗马来，和他们一起度过，尽我所能地学习。"

我什么也没说，但他读懂了我眼中的情绪。

"但是，比起我和那些人的友谊，你才是最重要的一个，是你让我成为今天的我。我和你，我们之间从来没有秘密，你了解我，我也了解你，因此我觉得自己是地球上最幸运的儿子。你教会我如何去爱——如何爱书籍、音乐、美妙的想法、人、令人愉悦的事，甚至是爱我自己。更妙的是，你教给了我，我们只有这一次生命，时间总是堆积在我们身旁。我如此年轻，却已经懂得了这么多。只是有时候，我会忘记我学过的那些课。"

"为什么要告诉我这些？"我问。

"因为现在，在我眼中，你不是我的父亲，而是一个陷入热恋的男人。我从没见过你这样，这让我非常开心，看到你的时候甚至有些嫉妒。突然之间，你是那么年轻。这一定就是爱了。"

如果之前我还没有发现，那现在也清楚明白了，我绝对是在世的父亲中最幸运的一个。在我们周围乱转的人正努力挤到吧台边，但目前，似乎还没有人搅扰我们在一起的亲密时刻。我们在罗马城最热闹的一家咖啡馆里进行一场安静的夜话。

"爱很容易，"我说，"真正重要的是敢于爱的勇气，还有信任，不是所有人都具备这两样特质，而你可能不知道的是，你教给我的远比我教给你的多得多！比如说这些守夜吧，或许我只是想走一遍你走过的路，和你分享任何事、所有的事，想存在于你的人生之中，正如我始终都希望你也存在于我的人生之中，除此之外别无他意。我教过你如何标记时间暂停的那些瞬间，但那些瞬间其实毫无意义，除非它们在你所爱之人心中回荡，否则它们只能停留在你的身体里，要么在一生的时间里慢慢溃烂，要么，若你足够幸运——很少有人能这么幸运，你便可以用名为艺术的方式将它们传递出去，对你而言，这种方式就是音乐。不过我最嫉妒的还是你的勇气，你相信自己对音乐的爱，还有后来对奥利弗的爱。"

话说到这里，米兰达回到了我们中间，伸出胳膊搂住我。

"我从未有过那种信任感，无论是对我的爱，还是对我的工作，如果你相信的话。"我继续说，"但是昨天，当这位年轻的小姐邀我共进午餐时，我就这样在不经意间发现了这份信任感，虽然我一直对她说，不了，谢谢你，不用了，可能真的不行，不了，不了——可她并不相信我，没有让我缩回我那海螺壳里。"

能够与他说这些，我真的很高兴："正如你所说，我们之间从来没有秘密，你和我。我希望我们永远如此。"

飞快地将三杯咖啡喝下后，我们离开了圣欧斯塔基奥咖啡馆，朝着科尔索出发。

"我们接下来去哪儿？"米兰达问。

"估计是比尔西亚那大街。"我猜测，想起了我和埃利奥总是在比尔西亚那大街结束我们的守夜，进行名为"如果爱"的散步，去一家书店。

"不，今天不是比尔西亚那大街。我想带你去一个你之前从来没去过的地方。"

"那是你最近才去过的地方吗？"我问道，希望他能准许我进入他最近的浪漫故事。

"不是最近的，但那个地方标记了我掌握自己人生的短暂瞬间，之后再也没有那样的时刻。有时我认为我的人生已经在那里结束了，也只能在那里重新开始。"

他似乎陷入了自己的思绪之中。"我不知道米兰达对此是否有兴趣，也可能你们俩都没什么兴趣，但我们已经倾吐了那么多隐私，不应停在此处，所以，让我带你们去那里吧。两分钟就能走到。"

当我们来到德拉·佩斯路的时候，我以为他是要带我们去这一带我最喜欢的那座教堂。结果，我们刚一看见教堂，他就带着我们右转，走上了圣马利亚灵魂之母堂大道。走了几步之后，正如前一天我和米兰达做的那样，他停在一个街角，墙上有个格外老旧的灯泡。"我从来没有告诉过你，爸爸，但是有天夜里我喝到断片，在帕斯奎诺雕像旁狂吐。我靠在这面墙上的时刻，简直是我人生中最神志不清的一刻，我知道，醉成我这个德性，奥利弗抱着我，这就是我的人生了，此前与他人之间的一切甚至连人生的草图或者草稿的影子都不算。如今，十年过去了，当我面对这个老旧灯泡下的墙壁时，我又回到了他身边。我向你发誓，什么都不曾改变。三十年，四十年，五十年，我的感受都不会有任何不同。在我的人生中，我遇到了许多女人，遇到的男人更多，但是，烙在这面墙上的水印让我认识的每一个人都黯然失色。每当我来这里时，我可以一个人来，也可以和别人一起来，比如说和你们一起，但其实呢，我总是和他一起。如果我在这里站上一个小时，盯着这面墙壁，我就是和他在一起待了一个小时。如果我对这面墙说话，它就会回应我。"

"那它会说什么？"米兰达问道，完全被埃利奥和墙壁吸引了。

"它会说什么？比如说：'找寻我，找到我。'"

"那你说什么？"

"我也说同样的话：'找寻我，找到我。'然后我们俩都很开心。现在你明白了。"

"或许你所需要的是少一点骄傲，多一点勇气。骄傲是我们给胆怯取的昵称。你曾经什么都不怕。发生了什么事？"

"你误解了我的勇气。"他说，"我甚至连打电话给他、写信给他的勇气都没有，就更没有去见他的勇气。当我孤身一人时，唯一能做的就是在黑暗中默念他的名字，过后又嘲笑自己。我只能祈祷，当我和别人在一起时，千万别念出他的名字来。"

米兰达和我都一语不发。她走上前去，亲吻了他的脸颊。此刻语言是多余的。

"低声呼唤某个人的名字，这种事在我身上只发生过一次，但我觉得此生我都不会忘记。"我说着转向米兰达，而她马上就明白了。

"他啊……我能告诉他吗？"她问我。

我点点头。

"他呀，是在和某个女人亲热的时候低吟出了另一个女人的名字。"米兰达说，"我们都来自多么奇怪的家庭呀！"

一句话道尽了一切。

几分钟后，我们决定去吉格托喝上一杯。"最多五分钟。"埃利奥说。

我们到的时候酒吧刚好开门，可以随意选择座位，于是我们就坐在了昨天晚上的那张桌子边。"看，我也得了守夜病。"米兰达开玩笑说。此刻灯光还没有完全亮起，酒吧里昏暗朦胧，仿佛时间已经很晚很晚，我很喜欢这样的氛围。吧台后的男子立刻认出了我们，于是问我们是否还要一样的红酒。我问埃利奥，巴巴莱斯科的酒对他而言是否够好。他点点头，并且提醒我们，今晚他要和朋友一起开车回那不勒斯。他千里迢迢来罗马就是为了见我。

"是个怎样的朋友？"我问道。

"是个有车的朋友。"他答道，面无表情地摇摇头，表示我完全想错了方向。

酒被端上来后，服务生回到料理台，拿来小吃。"免费的。"他说。

"肯定是因为昨晚我给他的小费不错。我们很可能是打烊之前最后离开的客人。"

我们碰杯，祝彼此幸福。

"你肯定想不到，明天我们参观考古博物馆之后很可能会去你的音乐会——如果我们去博物馆的话。"

"拜托了，请一定要来。我会在售票处给你们留两张票。"而后他穿上毛衣，站了起来，"我再说一件事，很多年前你对我说过一次，现在轮到我了——我很嫉妒你们俩。请别毁掉这一切。"

此刻，我与全世界我最在乎的两个人在一起。

我们亲吻道别，而后我坐下来，再一次面对米兰达："我觉得我真的很开心。"

"我也是。我们余生都可以这样过。"

"我们可以的。"

"如果天气给力的话，下星期我们在海边时，你最先要做的事情是什么？"

"我要在火车站打辆车，回到家，穿上浴袍，攀下岩石，和你一起潜入水中。"

"我把浴袍忘在佛罗伦萨了。"

"家里有很多。更妙的是——我们要裸泳。"

"在十一月？"

"在十一月，海水还很温暖。"

第二章　华彩乐段

"你脸红了。"他说。

"没有，我才没有。"

桌子对面的他投来顽皮且怀疑的目光："你确定？"

我思索片刻，放弃抵抗："我猜我是脸红了，不是吗？"

我还很年轻，最讨厌别人一眼将我看透，尤其是在这样的时刻，跟一个年纪几乎是我两倍的人在一起，并陷入尴尬的沉默；但我也已经长大成人，在说出某些本不愿倾吐的话语时，脸红也没什么，于是我看向他。

"你也脸红了。"我说。

"我知道。"

这已经是两个小时之后了。

遇上他是在右岸圣徒大教堂室内音乐会的幕间休息时段。那是十一月初的一个星期日，没那么冷，也没那么温暖，就是最最普通的那种秋日夜晚，夜幕早早降临，预示着漫长冬季的到来。许多听众已经坐在教堂里，戴着手套，其他人还没有脱掉外套。虽然寒冷，但空气中还有一丝丝暖意，人们安安静静地走在长椅间，对音乐满心期待。那是我第一次进入这间教堂，我选了一个非常靠后的座位，万一演奏的曲目不合胃口，我可以悄悄离开，不打扰任何人。

我很好奇弗洛里安四重奏乐团会在最后一次音乐会上演奏什么。哪怕最年轻的成员也快八十岁了。乐团定期在这座教堂里演出，但我之前从来没有听过他们的现场演奏，只是通过绝版的少量录音及网络上的零星演出了解他们。他们刚刚演奏完《海顿四重奏》，幕间休息过后他们将演奏贝多芬的《升 c 小调奏鸣曲》。和教堂里的其他人不同——那个周末，教堂里只有不足四十人——我是个迟到者，是从修女那里买的票，她就坐在入口处的小桌旁。几乎所有人都是通过邮件拿到票的，他们举着大大的票券入场，并被要求保持票券展开，有个佝偻的年迈修女攥着一支颇有年头的绿色自来水笔，认认真真抄录每个人的全名。修女少说也有八十多岁，可能已经从事这项工作很多年，可能一直用的都是这支笔，写下同样颤抖古板的字迹。票上有小小的条形码，可能是为了彰显教堂希望以新形象深入新教民内心的愿望，但是负责抄录和给每一张票盖章的老修女动作实在迟缓。没有一个人抱怨她慢吞吞的动作，不过有些还没能验票的听众彼此交换了充满包容意味的微笑。

幕间休息时，我在门口排队买苹果酒，还是那位老修女，小心翼翼地用汤勺将苹果酒盛进塑料杯里，她几乎举不动盛满酒的汤勺。放热苹果酒的大缸旁边有个公告板，上面贴了张纸，写着"1 欧元"，但大家的捐款都超过 1 欧元。我对热苹果酒向来没有兴趣，但其他人好像都趋之若鹜，所以我也站到了队伍当中，轮到我时，我往修女的碗里放了 5 欧元，她毫不吝惜地感谢了我。老修女火眼金睛，看得出我是第一次到她的教堂里来，问我是否享受《海顿四重奏》。我很热忱地给了她肯定答复。

排队时他站在我前面，我付完苹果酒的钱后，他就那么转过身来，问我："你这个年纪的人为什么会对弗洛里安四重奏感兴趣？他们太老了。"问完之后，或许是意识到这个问题没头没尾的，他又补充道，"第二提琴手——可能已经八十多岁了，其他人也年轻不到哪儿去。"

他个子很高，身材瘦削，体态优雅，浓密的灰色头发像给夹克镶了个领子。

"我对大提琴手很感兴趣，传言他们下半年要去巡演，之后便可能散伙，所以我想，我们的人生轨迹再也不可能有相交的时刻，于是我就来了。"

"你这个年纪的人难道没有更好的事可做吗？"

"我这个年纪的人？"我惊讶地问，语带讽刺。

沉寂在我们之间尴尬地悬浮了片刻。他耸了耸肩，可能是无言的道歉方式吧，而后他似乎就要转过身去教堂大门处，有人聚在那里抽烟，其他人则在闲聊或者舒展筋骨。"在教堂里脚总是冷冰冰的。"他转过身去的时候念叨着，而后朝大门走去。那是一句顺嘴一说无须回应的话。

这一刻我才意识到，我刚刚那个语气可能有点轻慢了他，于是我问："你是弗洛里安的粉丝吗？"

"算不上，我甚至都不是室内音乐会的粉丝，但我非常了解他们，因为我父亲很热爱古典乐，资助他们在这座教堂里演出，我现在也在做这件事，虽然，坦白说吧，我更喜欢爵士乐。不过我之所以来这里，是因为年轻时总在星期天晚上陪父亲一起过来，如今，每隔几周我还是会过来，坐在这里听上一听，或许能有片刻时间，可以想象自己还与父亲在一起——但我可以肯定，我所说的这些听起来肯定都相当愚蠢，竟然能作为坐在这里听他们演奏的理由。"

他的父亲演奏什么乐器呢，我问道。

钢琴。

"我父亲从不在家里弹奏，但是每到周末，当我们待在乡下时，他会在夜深人静时去房子的另一头，我能听到钢琴的声音从我的卧室楼上传来，仿佛是偷偷摸摸的流浪汉在弹琴，一旦听到木地板上有脚步声，他就会立刻停下。他从未提起过自己弹奏钢琴的事，我母亲也没提过，而我学到的最佳做法就是等到早上，说我又梦见钢琴自己弹奏了。我觉得，他肯定希望自己可以继续当一个职业钢琴家，正如我也很确定，他希望我长大以后也能热爱古典乐。他那种人啊，从不将自己的观点强加于人，鲜少同完全不认识的人说话——和他的儿子一点也不一样，我知道，你肯定已经注意到了。"说到这里，他轻轻笑起来，"他太在意别人的感受了，所以不好意思让我陪他来听这些周末的音乐会，肯定早就做好了独自前来的准备，可是我母亲不希望他晚上独自出门，所以要求我陪父亲一起来，久而久之就变成了习惯。音乐会结束后他会给我买油酥糕点吃，我们会在附近找个地方坐下来。等我长大一点之后，听完音乐会我们便一起去吃晚饭，但是他从未提及作为钢琴家的那些时光，而且，那些年里，我的心思也都在别处。星期天的夜晚通常都是补作业的最后机会，所以和他一起来听音乐会就意味着我必须得熬夜完成那些早该完成的功课，但我很愿意和他共处，远胜过我对音乐的喜欢。如你所见，我还是被常规束缚着。我说得太多了，是不是？"

"那你玩乐器吗？"我问他，希望他明白我并不介意他说的话。

"算不上会吧。我追随父亲的脚步，他是个律师，他的父亲是个律师，所以我也成了一名律师。无论是父亲还是我都不想当律师，而且……人生啊！"他露出忧愁的笑容，这是他第二次笑，而后他耸了耸肩。他的笑容是那种突如其来的微笑，灿烂，讨人喜欢，让你猝不及防，但考虑到"人生"这个词满满的讽刺意味，这个笑容其实满含苦涩。"那你弹什么乐器呢？"他问道，突然将话题抛给了我。我不想结束与他的对话，并且惊讶地感觉到，他也同样不想就此结束。

"钢琴。"我回答。

"职业还是业余爱好？"

"职业，我希望是。"

他似乎沉吟了片刻。

"别放弃，年轻人，千万别。"

他说着很有派头地伸出手臂，明智而温柔地揽住我的肩膀。我伸出手去，触碰了搭在我肩头的那只手，可我并不知道自己为什么要这样做。这一切发生得如此自然，我看着他，我们俩都笑了，这让他本就想留在我肩膀上的手又多停留了片刻。他转过身去，又多看了我一眼，突然间我万分渴望撞进他的怀抱，将手臂探进他的夹克，抱住他。他肯定也感觉到了什么，因为在他说完话后，在这尴尬的沉默之中，他一直盯着我，我也盯着他，坚定不移，直到我意识到，我可能误解了所有讯号，于是迫不及待地想挪开目光。他的目光仍然在我身上流连，让我很是欢喜，觉得自己英俊非凡，无比性感，还体会到某种温柔如同爱抚的感受，我不想逃离这种感觉，除非钻进他的怀里。我喜欢他目光中暗含的那种全然友好且忠厚的承诺。

但紧接着，或许是为了替我们的微笑草草做出解释，他说："你来这里是为了音乐，我来这里是为了父亲。三十多年前他就去世了，但这里什么都不曾改变。"他轻轻笑道，"一样的苹果酒，一样的气味，一样的老修女，一样令人窒息的十一月夜晚。你喜欢十一月吗？"

"有时，但不总是喜欢。"

"我也是，我连教堂都不喜欢，虽然我喜欢在这样的夜晚来到教堂……然后，好吧，me voici[1]，我在这里。"我能感觉到，他要讲的话已经讲完了，但还在笨拙地继续我们的对话，接着他沉默了。温暖而迷人的微笑又出现了，有一丝狡黠、一丝讽刺，还有一点点沮丧，提醒我这个温文尔雅并且可能不怎么开心的男人一点也不轻松。

我们看到四重奏乐团慢吞吞地挪回演奏的位置，该演奏贝多芬了，此时他问我坐在哪里。我不明白他为什么要问这个，但我指向了最后一排长椅靠角落的位置，我把背包和外套都留在了那里。

"明智之选。"他明白我为什么坐在那里，"但是别溜走。"他补充道。我以为，他是希望我在匆匆忙忙拦下一辆出租车之前再给这个乐团一次机会，但是听完《海顿四重奏》之后我就已经改变了想法，并不打算在音乐会结束前拔腿而去，不过为了澄清真相，我单刀直入："你是想让我等你吗？"可我语气之中的抑扬顿挫或许全都用错了，听上去就好像是有个老年人推着助行架挣扎着要出门，而我在问他是否需要为他拉开门，所以我又说，"我在门口等你。"

他什么也没说，只是点了点头，但他的点头并非那种表示肯定的点头，而是一种满腹疑虑、漫不经心又徒然神伤的点头，只有从不相信自己听到的任何一个字的人才会这样。

"好的，为什么不呢？等着我。"最终他说，"然后我是米歇尔。"

1　法语，意思是"我在这里"。

126

我也告诉了他我的名字。我们握了握手。

我确定，他绝对会在第一乐章结束的时候就离开，结果半个小时后，我们在教堂门口的台阶上相遇，正如之前说好的那样，虽然我一直觉得他肯定已经把我们的约定抛诸脑后。他正同一对夫妇交谈，三个人看起来似乎要去什么地方，但是他一看见我就马上转过身来，而后草草结束了与他们的交谈，握手告别。他为没有将我介绍给对方而道歉。我正忙着裹围巾，这是我转移话题的方式。我发现我正努力装出一副很惊讶的样子，装作没想到他记得我们说好了要碰面的样子，又或者，在我们分道扬镳之前，他只是等着再和我说一次再见？

结果呢，他却提议我们去桥对面不远处的小酒馆吃点什么。我告诉他我把折叠自行车锁在了附近。他是否介意我把车解锁，推着车跟他一起步行？完全不介意。那是星期天晚上十点左右，街上几乎空无一人。"你是我的客人。"他说，希望打消我对钱的顾虑。我接受了。我很喜欢散步，尤其是音乐会期间下了雨，街灯下的鹅卵石流光闪烁。"就像布拉塞的摄影作品一样。"我说。"是啊，可不是嘛。"他附和，"然后除了弹钢琴你还做什么？"

我注意到他爱用"然后"作为句子开头，很可能是想让毫不相关的话题间突然的转折显得更自然，或者弥补过渡的缺失，尤其是要切入某些更加追根究底也更私密的话题时。我告诉他我在音乐学院教书。我喜欢教书吗？很喜欢。而后我说，每周我都会在豪华酒店的钢琴吧里无偿演奏一次，完全出于兴趣。他并没有问酒店的名字。很得体，我心想，又或者只是为了表示他并非一个过分冒进的家伙，也没有那么在乎我的答案。

我们抵达桥边，发现有两个巴西人在表演，一男一女，正为围了一圈的路人演唱。男人声音洪亮，女人声音尖厉，两个人的和声非常优美。我停下脚步，一手扶着车把，短暂地驻足欣赏。他也停下了，抓住车把的另一端，仿佛是在帮我稳定自行车。我看得出他有那么一点不自在。年轻歌手一曲终了，桥上的每一个人都欢呼鼓掌，与此同时，两个歌手又马上开始了新一轮演出。我想听一会儿第二首歌，所以没有动弹，但是他们一开口我们就决定离开。一来到对岸，就听到人群再次鼓掌，歌手们演唱完毕。他看到我转过身去，而后他也转过身去，看到男歌手放下吉他，女歌手则在人群中懒洋洋地穿梭，手里端着帽子。我认出那首歌了吗？他问。是的，听出来了。他呢？"可能也听出来了，我觉得。"但我看得出，他并不知道，在桥上听巴西音乐的他显得格格不入。

"歌里唱的是一个下班回家的男人，让他的爱人穿衣打扮，和他一起外出跳舞。他们的街道上充斥着无尽的喜悦，最终整个城市都陷入了狂欢。"

"不错的歌。"他说。我希望他能少一些局促，有那么几个瞬间，我很想搂紧他的肩膀。

不过，当推开小酒馆的门时，他就完全像回家一样放松了。这地方真的很小，他所言不虚，但看起来又非常高档。我早就应该知道的，他的丛林海军蓝外套[1]，长而飘逸的印花围巾，还有柯塞之家[2]的鞋，完全能够暴露他的身份。我们的小吃由三道菜组成。他点了单一麦芽威士忌。卡尔里拉是他的最爱，他说。他问我是否也想来一杯。我说好，但完全不知道单一麦芽是什么。我看得出他看穿了，可能已经看穿了无数次。我喜欢他的彬彬有礼，却也因此感到不安。他对菜单做了解释。"这家没有太多肉，"他说，"但他们的酒窖很不错，我也很喜欢他们烹饪蔬菜的方式，鱼也很美味。"他刚打开菜单就飞快地合上了，"我总是点同样的东西，所以完全不需要看。"他等着我决定吃什么，可我犹豫不决，于是我做了一件心血来潮的事情。"帮我点吧。"我说。我喜欢这个突如其来的念头，他好像也很喜欢。"太简单了，我就给你点我自己平常总吃的那些。"

他叫来服务生，点了单，而后稍稍抿了一口威士忌，说是他的父亲带他来的这家餐厅，父亲也总是习惯点同样的菜。"他有糖尿病，"他解释，"所以我学会了完美避开糖尿病患者不能吃的东西。没有糖，没有米饭，没有意面，没有面包，也不能有一点黄油。"他一面往小巧的普瓦兰面包卷的一端抹黄油、撒盐，一面解释着，把面包卷送到嘴边时他暗暗笑了，"我也不总是追随父亲的脚步，但很难避开他的影子。我心中充满了矛盾。"

1　这是伯尔鲁帝（Berluti）品牌的一款经典外套，伯尔鲁帝是路威酩轩（LVMH）集团旗下的男士奢侈品品牌。
2　柯塞之家（Maison Corthay）是法国顶级鞋履品牌。

出现了短暂的沉默。他继续讲父亲的养生之道，而我更想听他内心的矛盾，这才是我更感兴趣的，而且这也能更清晰地告诉我这个男人究竟是谁，他又是如何看待自己的。他似乎在敞开自我与节制饮食之间摇摆不定，甚至有那么一瞬间出现了微妙的紧绷感，仿佛我们俩都感觉到我们是在没话找话，很容易就陷入无谓的寒暄。为了消弭尴尬，我告诉了他两个舅公的事情，我从没见过他们，但他们是赫赫有名的资深面包师，在战争期间，他们关掉了米兰的三家面包店，接着就被围捕了。"他们死在了奥斯维辛集中营。在成长过程中，妈妈总是说起她的舅舅们。他们，也如同你的父亲一样，给我妈妈的家庭投下了绵长的阴影。"

"是哪种阴影？"他问道，并没有完全理解我的意思。

"她做的蛋糕非常棒。"

他由衷地笑出声来，我很高兴他听懂了我的玩笑。"但我知道，有些阴影永远挥之不去。"我又补充道。

"没错，父亲的阴影从来不曾离我而去。在我继承他的律师事务所两年后，他去世了。当时我和你一样大。"

可是话音刚落，他又陷入了短暂的沉默，沉思了片刻，仿佛抓住了自己刚刚说的话与压在心头已久的某些东西之间那意料之外的关联，而我对此一无所知。"你知道的，我的年纪是你的两倍。"

我就是在这时脸红的。那是个紧张又尴尬的时刻，一部分原因是他操之过急地引入了这个话题，离我们小心回避的核心问题只有咫尺之遥，八字还没一撇他就说出口来，原本应当保持沉默才对，至少再保持得久一点。不过他的声明同时也让我觉得不知该说什么好，就在我慌乱地寻找恰切的话语时，通红的脸庞一定泄露了我的无措。或许这就是他切入主题的方式，强迫我说点什么来缓和他的焦虑。我努力想打破这阵沉默，却无论如何也做不到。最终——"你看起来可一点也不像。"我说，故意避重就轻。

"我想表达的不是这个意思。"他马上回应。

"我知道你是什么意思。"为了表示我并没有误解他，我说，"我原本不可能和你一起坐在这里，不是吗？"我是不是又脸红了？希望没有。忽然出现在我们之间的沉默并没有惹他不快，他又点了点头，还是那种黯然神伤、思虑重重的点头，接着便微微摇头，不是反对拒绝之意，更像是不相信人生偶尔会相当配合，所以惊喜得说不出话来。"我并不是想让你觉得尴尬。"

他是在道歉。

也可能不是。

轮到我摇头了。

"一点也不尴尬，"我说道，顿了片刻后，我又说，"而你才是脸红的那一个。"

他努起嘴巴。我越过桌面寻觅他的手，以非常友好的方式握了片刻，希望他别不自在。他并没有缩回手。

"你不相信命运，是不是？"他问。

"我不知道，"我说，"我没有认真想过这个问题。"

我期待直截了当的对话，显然我们之间的谈话并不是。我能感觉到他的话的走向，我不介意他更坦白直接一些，但我也没必要毫无顾忌地讨论这件事。或许他那一代人比较喜欢寻找一些有点难以讨论的话题，而我这一代人呢，则习惯于心照不宣。我习惯了单刀直入的方式，不需要任何语言，或者只需要一个眼神、寥寥数语，而遮遮掩掩、拖拖沓沓的对话让我难以加入。

"如果不是命运，那又是什么把你带到今晚的音乐会来？"

他思索了一下我的问题，垂下眼帘，视线从我的脸上挪开，盯着桌布上画的山脊，手里攥着还未使用的叉子。叉子像犁似的在他的面包碟上弯弯曲曲地耕耘起来。他深深陷入自己的思绪之中，我很肯定，他的思维已经从我的问题上游离开了，我倒是很高兴，因为转念一想，我希望他能停下我们之间反反复复的小心试探，但他马上抬起头来看我，说要回答我的问题再简单不过。

"答案是什么？"我问道，不过心里很清楚，他要说父亲的事。

结果他却说："你。"

"我？"

他点头："没错，你。"

"可你并不知道你会见到我。"

"这样的细枝末节毫无意义。命运前进，后退，纵横交错，至于我们如何根据那一点点不牢靠的前因后果来探寻它的意图，它根本就不关心。"

我明白了。"对我来说有点太过深奥了。"我们之间又出现了一阵沉默。

"你看，我父亲就很相信命运。"他继续说。

多么宽厚的人啊，我心想。他感觉到我想避开这个话题，于是灵活地将对话转回他父亲身上，但我并没有真的在听——他也看得出来我没在听，而后他停下了。他可能仍在考虑如何将我们未说出口的话说出来，这也解释了为何他的目光在我身上流连不去，然后又挪开了。然而，让我震惊不已的是我们起身离开时他说的话："我还会再见到你吗？我很乐意再见到你。"

他的问题让我惊诧。我小声却又不假思索地嗫嚅了一句："会的，当然会再见。"我回答得这么快，听起来肯定特别不真诚。我对他的期待不止于一次再见，而是某种更大胆的情感。

"前提是你也愿意见我。"他又补充说。

我盯着他："你知道我是愿意的。"这绝不是喝了单一麦芽威士忌或者红酒之后说出的醉话。

他又标志性地点点头。他并没有被说服，但也没有不高兴。

"那就下周末，还是那个时间，那个教堂。"

我没有冒险再多说什么，所以今晚是没有可能了，我心想。

我们是最后离开餐厅的，这显而易见，因为服务生们来回踱步，表现出我们一出去他们就要关店的样子。

在人行道上，我们自然而然地拥抱，但这个拥抱不过是权宜之计，很是笨拙，更像一种克制而非长久的搂抱。我们在幕间休息相遇时，我曾渴望在他的臂弯里体会那长久的拥抱，可他已经松开了手臂。我又一次感受到那强烈的冲动，渴望撞入他怀中，用手臂环绕住他，但我忍住了，在这慌乱的一瞬间，我同他亲吻告别，没有吻他的脸颊，而是下意识地吻了他两侧耳朵的下方。这一次绝对是单一麦芽威士忌和红酒的作用。我敢肯定他绝对注意到了，但我对自己的所作所为很满意，不过转念一想，又觉得这样很尴尬。我发现三个服务生正躲在薄纱窗帘背后，透过窗户盯着我们看，这就让我更尴尬了。他们同他很熟，或许此前已经目睹过无数次相似的场景。

他陪着我走到锁自行车的地方，看着我打开车锁，稍微评论了两句这辆自行车尺寸之小，甚至说他也想过买一辆这样的车；但是紧接着，就在离别之前，他将手掌贴在我的脸颊上，流连不去——这一举动让我彻底失控，浑身颤抖，强烈的感情席卷而来。它来得太突然，将我牢牢慑住，我希望我们可以接吻。吻我吧，可以吗？就当是帮我克服此时此刻如此明显的慌乱失措。

我眼看着他转过身，走开了。

你没有那么做，你走开了，我心想，那么无动于衷。我想要他把另一只手掌也贴在我的脸上，捧起我的脸，让我成为两人之中年少稚嫩的那一个，再同我深吻。这种感觉就好像我们才刚刚上完床，他却不再同我讲话，就那么消失无踪。

这种感觉在我胸中逗留了一整晚，徘徊不去。我不停从睡梦中醒来，夜晚还很漫长，我们当然可以去别的地方再喝上一杯。我可以追在他身后，要求在附近的咖啡馆请他喝点什么——只是为了能跟他在一起，不要那么快就说再见，但还是有什么东西将我拽了回来。最终，心中有另一个声音提醒我，这个夜晚这样结束其实没什么令人不开心的，这本就是个平淡无聊的星期日夜晚，不该有这样的小插曲出现。或许他早有预见，知道在事情完美无缺的时候戛然而止强过继续下去，最终眼睁睁地看着一切变质腐坏。

我推着自行车走在这个可爱的十一月夜晚：空无一人的鹅卵石街道闪着光芒，是我们讨论过的布拉塞摄影风格，我烙印在他耳朵下方的亲吻，我的年纪只是他的一半，所有这些都让我神采奕奕，让我由衷地开心。或许他能比我更好地理解万事万物，如果他真的理解，那他就一定知道一些我才朦朦胧胧意识到的事情：或许我还没有准备好，比他还要准备不足，不是今晚，也不是明晚，甚至不是下周，最终我想到，他可能不会出现在下个星期日的音乐会上，不是因为他不想去，而是因为他已经感觉到了，下个星期日晚上的最后一刻，我会是那个找到理由不出现的人。

两个夜晚过去了，我刚刚结束一个高级班的课程，全身心沉浸在贝多芬《d小调奏鸣曲》的最后乐章中，突然间，他出现在教室门口，站在那里，双手揣在蓝色夹克的口袋里，就这样一个优雅的男人而言略显笨拙，不过也不算违和。他为陆续离开大厅的六七个学生拉着门，看着他们鱼贯而出。学生们没有伸手去拉门，也没有向他道谢，他咧开嘴对他们微笑，最后开玩笑地感谢他们给的小费。我肯定是笑容满面。用这样的方式给人惊喜，多么可爱啊。

"所以你没有不高兴？"

我摇摇头，好像你真有必要问似的。

"下课后有什么计划？"

"通常都是找个地方喝咖啡或者果汁。"

"介意我加入吗？"

"介意我加入吗？"我故意模仿他。

我带他去了下课后我最喜欢去的咖啡馆，有时会有同事或者学生和我一起，我们坐着观察这个时刻的人们，人行道上人影匆匆——有即将下班的人，不回家的人则在寻找打发时间的去处，有些人对全世界关上大门，而有的人呢，只是从生活的一角冲向另一角。周围的桌子边全都坐满了人，不知道为什么，我一直都无法清晰划定与他人之间的界限，我喜欢所有人都挤在一起，和陌生人胳膊肘碰胳膊肘的时刻。"我来这里你真的没有不高兴吧？"他又问了一遍。我微微一笑，摇摇头。我告诉他，我还没有从惊喜之中缓过神来。

"那就是惊喜而不是惊吓？"

"天大的惊喜。"

"要是我没在音乐学院找到你，"他说，"我就要试着去找一找有钢琴吧的奢华酒店。这很简单。"

"那会让你花很长时间。"

"我给自己四十个日夜，然后再试着找音乐学院，但事实上我先找了音乐学院。"

"可我们不是计划好要在这周末见面吗？"

"我不是很确定。"

我没否认，也没说什么话来反驳他，这肯定加深了他的疑虑。事实上，提到周末音乐会时我们都沉默了，因此双双挤出一丝勉强的微笑。"上个周末我留下了非常美好的回忆。"我打破沉默，说道。"我也是。"他说。

"和你一起弹琴的那位可爱钢琴家是谁？"他问。

"她是个大三学生，是泰国来的天才，非常非常有天赋。"

"你们演奏时望着彼此的样子清楚表明，你们之间的关系比师生更亲密。"

"是是是，她一路追随我到这里来学习。"我看得出他要把话题引向何处，所以我摇摇头，略带嘲弄地指责这番旁敲侧击。

"我能冒昧地问一下接下来你打算做什么吗？"

很直白，我心想。

"你是说今晚？没什么计划。"

"像你这样的人难道没有朋友，没有伴侣吗？你身边没有什么特别的人吗？"

"像我这样的人？"我们真的要重复上个星期日的对话吗？

"我的意思是，你很年轻，而且光彩照人，非常迷人，更不用说还那么英俊。"

"没有。"我说着看向别处。

我是真的想打断他吗，还是说我其实很享受他说的这番话，只是不想表现出来？

"你不太喜欢接受赞美，是不是？"

我看向他，再次摇头，但这次不是开玩笑。

"所以没有那样一个人，没有？"最终他问。

"没有。"

"就连偶尔的……"

"没有偶尔的约会对象。"

"从不？"他问，甚至有点困惑。

"从不。"

但我听得出我的声音很紧绷。他努力表现得有趣、主动，在打情骂俏的边缘试探，而我却表现得忧郁、冷酷，而且最糟糕的是，自以为正直。

"但是肯定有过什么特别的人吧？"

"有过。"

"为什么结束？"

"我们是朋友，后来成为恋人，然后她离开了，但我们仍然是朋友。"

"你的人生中有过一个他吗？"

"有过。"

"怎么结束的？"

"他结婚了。"

"啊，形婚。"

"当时我也这样想，但如今，他们已经在一起许多年了。在他同我交往之前他们就已经在一起了。"

一开始，他什么都没说，但他似乎对整件事都怀有疑问。"你们两个还是朋友吗？"

我不知道我是否希望他提出这个问题，虽然我很喜欢别人挤牙膏一样推着我往前。

"我们有很多年没说过话了，我也不知道我们是否还是朋友，虽然我能肯定，我们始终都是朋友。那时他完完全全懂我，我有一种感觉，他会觉得，若是我从不写信给他，绝不是因为我不在乎，而是因为我多少还是在乎的，并且将一直在乎他，正如我知道他也还在乎我，所以他也同样从不给我写信。知道这些对我来说已经足够。"

"哪怕他已经结婚？"

"哪怕他已经结婚。"我重复了一遍，"还有，"仿佛是为了表达得更清楚些，我补充说，"他在美国教书，而我在巴黎——也算是尘埃落定了，不是吗？不相见，但总在那里。"

"这根本算不上什么尘埃落定。你为什么没有追着他去呢，就算他已经结了婚？为何那么轻易就放弃了？"

很难忽略他近乎诘问的语气。他为何要责备我呢？他是不感兴趣吗？

"还有，那是多久以前的事了？"他问。

我知道我的回答会让他彻底无语："十五年前。"

忽然间他不再提问，陷入沉默。如我所料，他没有做出任何评论，说这么多年的岁月打马而过，而我的目光还停留在某个已经遥不可见的人身上。

"那属于过去。"我这样说，想做些弥补。

"没有什么是属于过去的。"他马上问我，"你还是想着他，对吗？"

我点头，因为我不想说是。

"你想念他吗？"

"当我一个人的时候——有时候，想的，但对我没什么影响，我不会因此难过。我可以安然度过一周又一周，一次也不会想到他。有时我想告诉他一些事情，可马上就会打消这个念头，就连向自己宣告推迟这件事也能让我获得些许快感，哪怕我们压根就没有再说过话。他教给了我一切。爸爸教会我，床笫之上没有清规戒律，而他则帮我把所有禁忌通通赶走。他是我的第一个。"

米歇尔露出推心置腹的微笑，摇了摇头，让我打消了疑虑。"在他之后有多少人？"他问。

"不太多，都很短暂。男人，女人。"

"为什么？"

"可能是因为我从来没有放下，或者真正喜欢上他人。在感受到瞬间的激情之后，我总是又回归那个独立的自我。"

他喝掉杯子里的最后一口咖啡。

"在人生的某些时刻，你是需要给他打个电话的。那一刻总会出现，总会有这样的时候。或许，我不应该说这些。"

"为什么？"我问。

"哦，你知道为什么。"

我喜欢他刚刚说的话，只是这句话却让我们同时陷入了沉默。"那么，那个独立的你，"最终还是他开了口，显然是无视了那一瞬间我们之间发生的事情，"很难对付，是不是？"

"我爸爸也总这样说，因为我向来没什么主见，不管是关于人生要做什么，还是在哪里生活，或者学什么，爱什么人。他说，紧紧追着音乐不放，其他的一切早晚都会水到渠成。他在三十二岁开始自己的事业——所以我还有些时间，如果以他的时间为基准的话，尽管所剩不多。我们非常亲密，从婴儿时期起就很亲密。他是个文献学者，在家里撰写专题论文，妈妈是医院里的治疗专家，所以他是负责尿片和其他琐事的那个人。我们有帮手，但我总是和他在一起。是他教会我热爱音乐——真是讽刺，就是今天下午你走进门来时我正在教的那首曲子。我在上课时，仍然能够听见他的声音。"

"我的父亲也教过我音乐，只不过我是个坏学生。"

我喜欢这突如其来的巧合，虽然我还很难轻松应对。他一直盯着我，一语不发，但紧接着，他又一次说出让我猝不及防的话来："你太英俊了。"这话完全是他不由自主地说出来的，所以我并没有对此表态，而是想要转移话题，只是在这么做的时候，我听到自己的嘴巴不由自主地嗫嚅着："你让我紧张。"

"你为何这么说？"

"我不知道。或许是因为我并不真的知道你想要什么，也不知道你想让我停在何处，从哪条线开始便不能再向前迈步。"

"现在应该非常清楚了。如果非要有个人紧张的话，那紧张的人该是我才对。"

"为什么？"

"因为，对你而言，和我相处可能就是你头脑一热的心血来潮之举，又或者比偶尔约会的等级高一点。"

我笑话了他的这种说法。

"顺便说一句，"在说出这句话之前我犹豫了片刻，但还是很想说出来，"我不善于开始。"

他轻笑出声："这么说是为我着想吗？"

"可能是。"

"好吧，不过话说回来，你真是英俊得不可思议。问题在于，要么你清楚自己很英俊，了解这种英俊对其他人的作用，要么就是你假装对此毫无知觉，这不仅让别人更难读懂你，而且，对我这样的人来说，也更危险。"

我唯一能做的只有微微点头。我不希望让他觉得刚刚对我说的话不合时宜，所以我凝望着他，微笑着。若是换一个场景的话，我肯定已经触摸了他的眼睑，而后吻了它们。

随着天色渐晚，咖啡馆亮起了灯，隔壁的咖啡馆也变得灯火通明，灯光在他的面部投下明亮却不稳定的光芒，这是我第一次留意到他的嘴唇、额头，还有眼睛。他才是英俊的那个人，我心想。我应该把这话说出来的，这一刻时机刚好，但我什么也没说。我不想重复他说过的话，听起来会很做作矫情，好像是企图在我们之间建立起某种对等关系，但我真的很喜欢他的眼睛，而他仍然目不转睛地盯着我。

"你让我想起了我的儿子。"最终他说。

"我们长得像吗？"

"不，但你们同龄。他也很喜欢古典乐，所以我经常带他参加星期日晚上的音乐会，就像我父亲过去常做的那样。"

"你们还会一起去吗？"

"不，他大部分时间都住在瑞典。"

"但你们俩很亲近吧？"

"我希望如此。我和他母亲的离婚毁掉了我们之间的关系，虽然我很确定，前妻并没有从中作梗，伤害我与儿子的关系，可他自然是非常了解我的，我猜，他永远也不会原谅我。又或者，他是以此作为借口，来对抗我，早在二十出头的时候他就已经想这样做了，上帝知道究竟为什么。"

"他们是怎么发现的？"

"她先发现的。一天傍晚，她进屋来，发现我在听慢爵士，慢饮慢酌。当时我一个人在家，她只是看了我一眼，还有我脸上的表情，马上就知道我恋爱了。典型的女性直觉！她把手袋放在茶几上，坐到了沙发上，坐在我旁边，甚至伸出手去，拿起我的酒杯喝了一小口。'是我认识的人吗？'在漫长的沉默之后，她问。我当然明白她的意思，而且根本无从抵赖。'不是女人。'我回答。'啊。'她说。我仍旧记得落在地毯和家具上的最后一丝夕照，记得威士忌的烟熏味，记得猫就躺在我边上。阳光，我每次在客厅里看见阳光，都会想起那场对话。'所以比我想象得还要糟糕啊。'她说。'为什么？'我问。'因为对付女人我还有机会，但要对付原原本本的你，我束手无策。我无法改变你。'就这样，延续了二十年的婚姻结束了。儿子肯定很快就能发现，而他也确实发现了。"

"怎么发现的？"

"我告诉他的。我当时有一种错觉，以为他能理解，结果他并不能理解。"

"很抱歉。"我只能这样说。

他耸了耸肩："我并不后悔人生中的这场转变，但我确实很后悔失去了他。他在巴黎的时候从来没有给我打过电话，连信也很少写，我打电话过去的时候他也不接。"

他看了一眼手表，已经到要分别的时间了吗？

"所以我追踪你到这里不是个错误？"这是他第三次问这个问题了，或许是因为他喜欢听我说，当然不是错误了，我也很高兴这样告诉他。

"不是个错误。"

"所以又和我共度了一个夜晚也不会让你沮丧吧？"他问。

我清楚地知道他说的是什么。

"也许我——有点。"

他微微一笑。我看得出来他想离开咖啡馆了，于是我靠近他，肩膀贴着他的肩膀。就在这时，他伸手揽住了我，将我拉向他，几乎是强迫我把脑袋靠在了他的肩膀上。我不知道他这样做是想让我打消疑虑，还是为了戏弄一个年轻人，这个年轻人敞开心扉，向一个老男人说了些感人肺腑的话。也许这是告别拥抱的序曲。我对不可避免的离别充满恐惧，因此脱口而出："今晚我什么都不会做的。"

"是的，我知道。你告诉我了。"

可他肯定是感觉到了我的紧张，所以降低了声调。

"你是个天大的惊喜，而且——"他没有说完。

他准备付钱，但我阻止了他。抓住他的手时，我顺势盯着他的手看。

"你在做什么？"他语带责备地问。

"付钱。"

"不是的，你在盯着我的手看。"

"我没有。"我否认，不过我确实盯着他的手看了。

"这就是所谓的年纪。"他说，过了一会儿又说，"你还没改变主意，是吗？"他咬了咬下唇，但很快又松开了。他在等我回答。

由于我实在想不出可以对他说什么，但又觉得应当说点什么，无论什么都好，所以我说："我们不要说再见，至少不是现在。"但我意识到，这句话很容易被视作是想延长我们一起待在咖啡馆里的短暂时光，于是我决定选择更大胆直白的表达，"今晚别让我回家，米歇尔。"我知道说这话的时候我脸红了，并且已经在慌张地寻找道歉方式，打算收回这话，好在他救了我。

"我也挣扎着想向你提出同样的要求，但是，你又一次赢了我。事实上，"他继续说，"我不经常这么做；事实上，我已经很久没有这样做过了。"

"这样？"我问道，语气里有微微的嘲讽。

"这样。"

我们很快就离开了咖啡馆。我推着自行车，和他一起至少步行了二三十分钟才到他家。他提议打辆车，我拒绝了，我更愿意走路，而且，自行车折叠起来也没有那么容易，出租车司机向来对此抱怨不休。"我喜欢你的车，我喜欢你有这样一辆车。"说着他又突然打住，"我在胡言乱语，是不是？"我们肩并肩走在路上，彼此之间的距离不足三十厘米，手也时不时擦到一起，而后我去摸索他的手，握了一会儿。我觉得这样可以打破我们之间的僵局，可他还是默不作声。在鹅卵石街道上又走了几步后，我放开了他的手。

"我很喜欢这样。"我说。

"这样？"他揶揄我，"是说布拉塞的这种风格？"

"不是，是我和你。两个晚上之前我们就应该这么做了。"

他低下头去看人行道，面露微笑。我会不会操之过急了？我们今晚的散步就是那一晚的重复，我喜欢这一切：桥上的人群与歌声，闪着光的鹅卵石，挂着包的自行车最终会被我锁在杆子上，还有他随口说也想要这样一辆车。

自从相遇以来，我们的想法都是一致的，我们生怕想岔了或者误解了对方的立场，那只是因为我们早已认定，别人不可能和我们有同样的想法、行为，所以我和他在一起时才如此羞怯，不相信内心的每一次冲动，然而我们这么容易就捅破了这层窗户纸，我真是喜出望外，这才是让我惊诧不已的原因，这也为我们的夜晚投下了一圈光环。我感觉棒极了，终于说出了星期天之后一直盘桓在我心里的话：今晚别让我回家。多好啊，星期天晚上他看穿了我的脸红，让我自愿承认我确实脸红了，这样他才承认自己也同样脸红了。我们相处还不超过四个小时，有可能对彼此毫无隐瞒吗？我很好奇，锁在我那懦弱的谎言金库里的难言之隐究竟是什么？

"说'没有偶尔的约会对象'是我说谎了。"我说。

"我已经发现了。"他回答，完全低估了我这番声明背后的挣扎。

我们终于踏进那逼仄狭窄的巴黎式电梯，彼此间一点缝隙也没有。"你现在能抱着我了吗？"我问道。他关上窄窄的电梯门，按下通往所住楼层的按钮。电梯开始上升时，我听到引擎发出响亮的金属运转声和往上拉动的噪音，突然间，他不仅仅是抱着我，而是用双手捧住我的脸颊，深深吻上了我的唇。我闭上眼睛回吻他。这一刻我已经等待太久。我唯一能回忆起来的就是一直上升的陈旧电梯，在升向他所住的楼层时摇摇晃晃地发出刺耳的噪音，上升过程中我一直希望这噪音永远也不要结束，电梯永远也不要停下。

而后，他一关上公寓门，就轮到我吻他了，正如他刚刚吻我那样。我知道他比我高，也感觉到他比我更强壮，但我只是想让他知道我毫无保留，也不打算有所保留。

"或许我们应该好好喝一场。"他说，"我有一些非常上乘的单一麦芽威士忌。是你喜欢的单一麦芽，没错吧？"

酒的问题让我措手不及，尤其此刻，我正要卸下背包，脱掉外套和毛衣，要他再次拥我入怀。我心跳加速，可突然间无比尴尬，虽然这一切对我而言并不陌生。我自始至终都希望他不要这么兜圈子，但我什么都没说，而是花了点时间取下背包，放在一张扶手椅上。

"你想把外套脱掉吗？"他问。

"等一会儿。"我说。

"我喜欢你的背包。"他说着转过身去。

"是个礼物，一个朋友送的。"因为他的脸上浮现出一丝怀疑，所以我解释道，"只是普通朋友。"

他指向沙发，示意我坐下，说他去拿杯子来，于是我便坐了下来。我也不知道为什么，但忽然间觉得很冷，所以我又站了起来，此时此刻，他在门厅里，靠在暖气片上。为了充分感受到温暖，我也将手臂贴在了暖气片上。

"你还好吗？"

"还好，就是有点冷。"我说，我不打算告诉他眨眼间我就能冷得结冰。

"那我去把窗户关上。"他说。

想在威士忌里加冰吗？

我摇摇头。

但是我没有离开暖气片，并且继续将两只手还有身体前部贴在暖气片上。他把玻璃杯放在茶几上，从背后接近我，开始揉捏我的肩膀。我喜欢他轻揉我脖子和肩胛骨的方式。

"好点没？"他问。

"好多了。"而后，不知为何，我说，"我跟你说，我感到紧张了。"

"因为我？"

我缩了缩肩膀，知道他明白我的意思是我不知道，或许不是因为你，也不是因为这个夜晚，谁知道呢，反正，别停下。

他有一双强有力的手——而且他知道，正如我想让他知道——每一次他按压我颅骨下方的某个区域，一阵战栗便迅速贯穿我的整条脊椎，我便一点点柔软下来。完成这些动作后，他用手臂圈住我，胸口抵住我的后背，双手紧紧扣住我的小腹。若是他继续向下探索，我也绝不会介意，可他没有，尽管如此，我也知道这念头一定划过了他的脑海，因为我感觉到了那千分之一秒的犹豫。他温柔地将我引到沙发上。

接下来他打开威士忌，往我们俩的杯子里都倒了一些，突然想起了什么，又冲到厨房去，拿着两只碗回来了，一只碗里装着坚果，另一只碗盛着迷你咸饼干。他坐在沙发另一头，我们碰杯，说了祝酒词，喝下第一口酒。他想知道我觉得酒怎么样，可我不知道自己的想法，所以我说，就单一麦芽威士忌而言我还是个新手，但我很喜欢。他递给我装坚果的碗，看着我吃了几颗，之后又把碗放回茶几上，自己并没有吃。我又喝了一口酒，告诉他我还是很冷。"我能喝杯茶吗？"他问我想喝哪种茶，他有很多很多茶。什么茶都行，我说，只要是热的就行。去厨房之前，他摸了摸我的脸颊和脖子一侧，这让我想起了妈妈。每当我不舒服的时候，她都会这样试试看我有没有发烧，但他的触摸并不是在试体温，我笑了。几分钟后，微波炉嘀嘀嘀响起，他回来了，我则双手捧着热乎乎的马克杯。"好多了。"我说，简直想嘲笑自己因为一杯茶就这么开心。

他又一次站起来，放了点音乐。

我听了一会儿："巴西音乐？"

"正确。"他似乎对自己很是满意。这张 CD 是昨天买的，他说。

透过我的微笑，他知道我已经明白了他买这张 CD 的原因。

他问我懂葡萄牙语吗。

我说懂一点，又问他懂不懂。

一个词也不懂。

这话让我哈哈大笑。我们俩都很紧张。

我们几乎都在讨论过去的伴侣。他之前的伴侣是个建筑师，几年前搬去了蒙特利尔。"你的呢？"他问，"我不是指形婚的那个人。"所以他还记得那个一走了之、让我的人生彻底脱轨的男人。我告诉他，我和小学时就认识的一个发小交往时间最长，十五年之后，在罗马藏污纳垢的郊区，我在一个酒吧里遇见了他。让我震惊的是，他承认说八岁那年就对我心动了，而我告诉他，九岁那年我完全被他迷住了。他为何什么都没说？我为何什么都没提？为何我们俩都对自己一无所知？我们唯一想做的就是弥补错失的时光。我想，我们俩都无法相信，我们是何其幸运，竟然能重新遇上。

"你们在一起多久？"

"不到两年。"

"为什么分开了？"

"我以前总觉得，是那种不出差错、传统的平凡家庭生活杀死了我们所拥有的一切，结果不止如此。他想收养一个孩子，他甚至希望我来给孩子做父亲。他想要的是个家庭。"

"而你并不想？"

"我并不知道我是不是不想。我只知道，我还没有准备好，我当时全身心投入到音乐之中，现在也是一样。真相是，我迫不及待地想要再次独自生活了。"

他眼中流露出诧异。"这有没有可能是对我的提醒？"他问。

"我不知道。"我用微笑掩盖尴尬。他问这个问题为时尚早，但是话说回来，我若处在他的位置，也会这么问的。

"或许我不应该多嘴，但我是完全从另一个角度看待这一切的。年纪，我敢肯定，这个念头不止一次划过你的脑海。"

"年纪不是问题。"

"不是吗？"

"星期天的时候我就这么告诉你了。我们怎么忘得这么快？"

"我不记得了。"

"你失去了记忆。"

"我很慌乱。"

"难道我不慌乱？"

"自从在小餐馆外道过晚安之后，我就一直想着你。我想着你入睡，想着你醒来，整个星期一都恍恍惚惚的，心里只有后悔。我甚至无法让自己相信，你竟然就坐在我的屋檐下。"

他不再说话，专注地看向我，只说了一句："我想吻你。"

比起进入电梯时的亲吻，这一刻更让我吃惊。他这样说让我觉得我们还从来没有接吻过，和他一起走路回家却不能手牵手的别扭阴霾仍然不曾散去。他放下酒杯，朝我靠近，轻轻柔柔地吻上了我的唇，近乎羞怯，与此同时，正如之前在电梯里接吻时那激烈的背景音，此刻，在房间里播放的微弱的巴西歌曲背后，电梯井里老旧电梯上上下下的声响始终在我耳畔飘荡，我们仿佛是在乡下的屋顶下接吻，雨水猛烈地砸落在屋顶上。我很喜欢这声音，不希望这声音消失，因为在它的魔力下，我感到舒适、安全、有保障，假若四下寂寂无声，我便会胡思乱想，而这背景音的存在则让我无暇理会这间客厅之外的世界，同时让我知道，此刻的一切并非发生在我的想象之中。或许他真正希望的是我们能够慢慢来，不要着急，如果有必要的话，万一事情的发展速度超过我们任何一方的期待，这噪音还能将我拉回去，当然我从未这样后退过。他又吻了我，还是非常轻柔的吻。

"感觉好些没？"他问。

"好多了，请再抱住我。"我想要他抱着我，想用双臂搂住他。他的毛衣贴在我的脸上，我喜欢这质感，喜欢毛线的气味，他腋下的毛衣之下隐隐有清香，那只可能是他身体的香味。

于是我用葡萄牙语小声念诵歌词：

De que serve ter o mapa se o fim está traçado

De que serve a terra à vista se o barco está parado

De que serve ter a chave se a porta está aberta

"翻译一下。"他说。

如果知晓终点，那地图又有何用？

如果船只抛锚，那上岸又有何用？

如果大门敞开，那钥匙又有何用？

他喜欢这段歌词，他说，并且要求我重复一遍，我照做了。

很快他说："我们躺下吧。"他带我去了卧室。我正要解开衬衫扣子，可是——"别，"他说，"让我来。"我想先于他赤身裸体，但不知道该怎么说出口，所以我让他解开我的衣扣，却没有碰他的衣服。他似乎并不介意。"这是因为，"他犹豫了一下，"我希望我是特殊的。"

一躺下我们便拥在一起，寻觅彼此的嘴唇，但我能感觉到，我们还是不太坚定，还没准备好。我们错失了一些东西。我们缺乏的不是激情，而是信念。是不是有可能，我们太慢了，慢得几乎停滞？我是否误解了他？我们改变主意了吗？他显然也感觉到了，没人能掩盖或者忽视这一点。他盯着我，只是说："能让我取悦你吗？就让我这样做吧，我真的很想这样。"

"你想做什么就做什么。事实上，你这样我就很高兴。"

听到这话，他再也等不及，又一次吻了我，继续解开我的衬衫。"介意我把你的衬衫脱掉吗？"这算是什么问题，我一面想着一面点头。随后，在他帮我的时候，他问道："我爱你的皮肤，我爱你的胸膛、你的肩膀、你的气味。你还觉得冷吗？"与此同时，他一直在温柔地爱抚我的胸口。

"不，"我说，"不冷了。"

而后，他又一次出乎我的意料："我想和你一起洗个热水澡。"

我望向他的目光一定充满困惑："为什么不呢，如果你想的话。"

我们站了起来，走进浴室。这间浴室比我家里的客厅还要大。

他的封闭式玻璃淋浴间十分宽敞，我简直不敢相信里面竟然整齐地摆放了那么多瓶瓶罐罐。"两条给你，两条给我。"他说着拿出四条折叠整齐的毛巾。在我们脱光衣服、身体相互接触的时候，为了给这个情景增加一点幽默元素，我问这里是否提供早餐。"当然了，"他回答，"所有酒店住客都将拥有免费早餐。"我们赤身裸体，再度吻在一起，很用力。

"闭上眼睛，相信我。"他说，"我想让你快乐。"我不知道他打算怎样做，但我按照他说的做了。我听见他在揉搓一块布，马上就闻出那是沐浴液的味道，因为闻起来是柑橘香，让我想起了父母的家。虽然今晚窗外的天气大不相同，但这香味还是立刻把我带回了意大利的夏天，让我在这个并非我家的房间里放松下来。他开始摩擦我的身体，我任凭自己跟着感觉走。"别睁眼。"他用肥皂涂我的脸时提醒我，而后问是否可以帮我洗头发，我的回答是当然可以。他先在手心揉搓了一下洗发露，而后抹在了我的头发上，我听见他在清洗自己，随后便感觉他的手指一下又一下摩擦并刺激我的头骨。"别骗我，不许看。"他说，从他的声音里我听得出来他在微笑，几乎是在嗤笑我俩此时此刻在淋浴间里的所作所为。

洗完澡后，我仍然闭着眼睛，他打开玻璃门，领着我慢慢从淋浴间出来。出来后他坚持帮我擦干身体、头发、后背和腋下，接着带我回到卧室，让我躺在他的床上。知道自己赤身裸体地被人盯着看，这让我很高兴，我喜欢被人这样宠爱。他往我身上涂抹身体乳，他每次往手心里挤一点身体乳，抚摸我身上的每个角落，这感觉无与伦比，我喜欢极了。我觉得自己像个蹒跚学步的孩子，由家长给我洗澡，为我擦干身体，这也让我一下子回到了幼年时代，那时候爸爸会抱着我给我洗澡。为何此时此刻我会想起所有这些？为何此情此景突然间将我从箱子里释放出来？这箱子的顶盖剥夺了我的空气、光线、声音，还有夏日鲜花与草药的香气。为何我从自我之中抽离，仿佛我一直都是个囚犯，而囚牢恰好就是我自己，囚犯也只有我自己？我的皮肤从未感受过的这种感觉究竟是什么？我究竟想从这个男人那儿得到什么，又能回馈给他什么呢？他之所以做这一切，是否是因为我告诉他我很紧张，因为我提醒他，我觉得开始很难？我让他尽情去做，因为我很喜欢这样，我心中充满欲望，对他的渴望也更加强烈，远远超过了在教堂里见到他的那一刻，超过了在他的拥抱里退缩的那一刻。我想我知道他要做什么，可他接下来的举动却再一次出乎我的预料，因此，当他终于让我睁开眼睛、目不斜视地盯着他时，我已经完全属于他了。当他一遍又一遍地吻我时，我无须多言，也无须多想，什么都不用做，只需要将自己交给另一个了解我的人就好。他了解我的身体，身体的渴望比内心更强烈，因为，当他在教堂里同我说话而我触碰了他的手时，当他要我在教堂门口等他并邀我共进晚餐时，在可能有所进展的那天晚上，他却戛然而止忽然说晚安时，他肯定已经了然于胸了。他发现我如此容易脸红，于是悄然把进程往前推进了一点，想看看我的反应，那时他就已经了解了我的全部，了解我已经将灵魂遗失了太久，此刻我发现灵魂一直都在自己体内，而我却不知去何处找寻，抑或说，没有他我便不知该如何找到——失去了我的灵魂，失去了我的灵魂，我想把这些话说出来，于是便听见自己真的呢喃了起来，失去了我的灵魂，已经这么多年了。"别这样说。"他说，仿佛是怕我马上哭出来，"只要告诉我，我没有弄疼你就行。"他说。我点点头。"不要点头，说'你没有弄疼我'，说出来，因为你是认真的。""你没有弄疼我。"我说。"再说一遍，再说很多很多遍。""你没有弄疼我。"因为我是认真的，"你没有弄疼我，你没有弄疼我，你没有，你没有。"而后我意识到，就在我超额说出他让我说的这些话时，他所做的是让我放下——放下那天晚上我背负在身上的一切，我的思绪，我的音乐，我的梦想，我的名字，我的爱，我的顾虑，我的自行车，那些依然滞留在外套和书包上的东西（二者我都搁在了客厅里），还有拴在自行车上的袋子里的东西，锁在路标杆上的车（进电梯前我就把自行车锁在了楼下）。我们合二为一时，电梯又一次发出摩擦声，不知道是楼里的哪个租客按下按钮，让电梯下行。他即将踏进电梯，咔嗒一声按下关门键，门会在他身后合上，电梯会摇摇晃晃地把他带到不知道哪一层。我才不关心他要去哪一层，若问我为何满脑子这些杂乱无章的思绪，那都是因为我深知，我正不顾一切，拼命要抓住那一丝丝真实，同时感觉到这一丝真实正从我身边滑开，可我拼命挣扎，让自己相信，这一点点真实已被我握在手中，但每一次努力都失败了。每当这样的时刻来临，我心中总是一片狂喜，我愿意让他看清我心中的一切，我也希望他从我的脸上看到这一切，虽然此时此刻，他正在做这世上最慷慨的事情——等待，在我一遍遍按照他的要求重复说他并没有弄疼我，没有弄疼我时，他仍旧在等待，直到我再也受不了，央求他别再等下去。他这么问很是君子，而我希望他能为我做决定，因为此时此刻，他的身体对我的身体了如指掌，远远超过对他自己的了解。

直到这一刻，我们仍是两个尚未见过彼此裸体的男人，在我们之间，在一场完美交融一触即发的瞬间，耽搁时间的尴尬转瞬即逝。那个瞬间发生在淋浴时，他抓住了我，我的眼睛因为肥皂泡而闭上了。"有个问题我问不出口，"他说，"但是——"说着说着他又犹豫了。

"什么？"他又让我紧张了，可我完全无法睁开眼睛。

"你是犹太人吗？"最终他问道。

"认真的吗？"我问道，几乎笑出声来，"你看不出来？"

"我一直在努力根据外貌之外的事实进行推断。"

"我的外表已经昭告天下了。你见过多少赤身裸体的犹太人？"

"一个都没有。"他回答，"你是我的第一个。"

他忽然的坦白激起了我更强烈的欲望，因此我将自己的身体紧紧贴在他的身体上。

服务人员进出的大门猛地砸响，将我们从睡梦中震醒，他马上解释说："法比奥拉，她总是让风把门关上。"我看向表，已经过了八点，而我十一点钟还有课，可我浑身乏力，而他呢，已经放开了我，正要坐起来。他的脚动来动去地摸索，我猜是在找拖鞋。

"回到床上来。"我说。

"什么？还要？"他问道，装出一副震惊的样子。我很喜欢背对他被他包裹进怀中，喜欢他的鼻息喷在我的脖子上。我始终都是毫无保留的。

那天晚上完事之后，我觉得是时候穿上衣服离开了，但那一刻我犹豫了一下。"你不会下床吧，是不是？"他问。

"去洗手间。"我说。

我在撒谎。

"不是要走吧？"

"不是要走。"我还是在撒谎。

我是想离开的，哪怕只是出于习惯。我打算解释一下，完事之后我总是会离去，既不是因为我想走，也不是因为感觉到主人迫不及待地想让我消失，而是因为我自己总想在事后出去看一看。快点穿上袜子，如果有必要就把袜子塞进口袋，走就对了。有时，在你匆忙逃离房间主人的世界，逃离他的一切、他头发的气味、他的床单和他的毛巾时，他也会假装不情愿地看着你弄洒一杯水或者碰掉一口吃食，那我就会敷衍地拖延一下，遮掩自己的匆忙，在这方面我也算是个民间艺术家了，但这次的情况稍微有点古怪，我一句话也没说。我并不是真的想下床，只是不知道该如何解读他脸上的表情，我很难相信他表露出的惊诧。在回他公寓的路上，我们的手相距不过咫尺，却始终不曾互相触碰，我很享受这种感觉，那时我就注意到，这不会是一个轻松的夜晚。

那天晚上亲热之后，他提议我们应该出门去，稍微吃点什么。"我饿了。""我也是。"我附和。"但我们应当保持饥饿。"我俩都没注意到已经过了半夜十二点。"我们看起来像是刚完事吗？""像。"我说。"别人也许会看出来。""我希望他们看出来。""我也是。"

我们在一个小巧而热闹的餐馆吃饭，这地方似乎会开到很晚。餐馆的服务生认识他，有些熟客也认识他。我们能感觉到，他们恐怕猜得出我们离开床还没超过十五分钟，这让我们生出一丝共同的兴奋感。

"我想要更多拥抱。"早上的时候我说。

"只要拥抱？"

我自己都没反应过来，就已下意识地用双腿盘紧了他的腰。

"那我可以问你一些事吗？"他说，说话时他的脸距离我的脸不足三厘米，一只手抚上我的额头，轻轻将遮住我眼睛的头发拂开。

我不知道他想到了什么——我猜，也许是和我们的身体有关，要么就是有点尴尬的事，关于我们的表现，或者说，有可能是安全措施的事吗？

"你今晚有事吗？"

这问题差点让我哈哈大笑。"完全自由。"我说。

"那，去我们的小餐馆怎么样？"

"什么时候？"

"九点？"

我点头答应。

我已经忘了那地方的确切地址。他告诉了我街名。他说那家餐馆有时会为他保留一张餐桌，说这话时他尽量不表现出妄自尊大的样子："我经常带委托人去那里吃午饭或者晚餐。"

"也带其他人？"

他笑了。

"如果你知道就好了。"

女佣显然已经知道他有个客人在家——很可能是在我洗澡的时候知道的——因为他带我去餐厅的时候，早餐已经准备好了，是两份。桌上有咖啡，还有一大堆美食：面包、奶酪、很像手工制作的果酱。

他说他喜欢榲桲果酱和无花果果酱。大部分人都喜欢莓果和橘子酱。"你随意就好。"

他必须得马上去办公室。"那就九点见？"

我们一起离开了公寓。我告诉他我要骑车回家换衣服，然后再去音乐学院，上完课后要和同事一起吃午餐。我也不知道为何要将我的日程事无巨细地告诉他。他认真听着，看着我打开车锁，又一次赞美了这辆车的结构，让我下次把车折叠起来带进屋里去。然后他站在原地，和第一次不同，这一次是他目送我骑车离开。

时间还早，所以我沿着街道漫无目的地骑车，骑过一条街，又骑过另一条街，穿过大桥，我不在乎去往何处，只希望能在路上找到一个面包店，我可能会在那里停车，坐下来，再喝上一杯咖啡，想一想他。我不希望早上的琐事冲刷掉我此刻的感受，或者冲走昨夜的记忆，尘埃落定时，我们野蛮亲吻，唯一让我乐于倾听的就是寂静，是老旧电梯上上下下时令人安慰的喘息声，电梯的每一丝动静都提醒我，我们不是最后使用电梯的人。

通常情况下我会很快忘掉前一夜发生的事情，或者说是刻意抛开，因为夜晚发生的事情通常不会超过一两个小时，所以要抛诸脑后并不困难。甚至有时候，一切都像不曾发生过，而我也很高兴不用记住它们。

在这个格外清爽的早晨，我安坐下来，欣欣然地看着眼前行色匆匆的路人为工作奔忙，觉得自己好像在过一个延长的圣诞假期。和他在一起本身并没有什么非同寻常之处，可我喜欢他对一切都那么敏锐的样子，从递给我毛巾的时候开始，到照顾我身体的时候。他顾及我对事物的喜恶，总是那么得体和体贴，面对这具年纪只有他一半的年轻躯体，他带着某种近乎尊崇的情感。他不断摩擦并爱抚我的手，而后是手腕，当我闭上眼睛的时候，他向我索取信任及其他，他温柔地将我的手腕压在床上，就那么轻轻摩挲，这些都是一个男人能够做到的最温柔、最善意的姿态。为何从来没有人那样握过我的手腕？短短一分钟就带给我如此丰盛的愉悦，那分明只是如此微小的爱抚啊。要是之后他忘记这样做，那我肯定会要求他像之前那样摩挲我的手腕。

我放下报纸，下意识地竖起羊毛外套的领子，感觉到领口轻轻在脸上摩挲，这感觉让我想到了今天早上他还没有剃须的脸颊。我希望我的外套沾上他的味道。他用什么剃须水？这种事也太细微了，可我想要知道。明天早上，我要学着用我的脸颊蹭他的脸庞。

而后我想到了爸爸，他之前说过几周之内会来巴黎过圣诞节。我很好奇，等到那时，我和米歇尔是否还在一起。我希望爸爸能见他，也想知道爸爸会如何看他。他和米兰达答应这次把儿子一起带过来——他说，是时候再见一次我年幼的弟弟了。我会带他们去我常去的咖啡馆，如果那时米歇尔仍在我的生命中，那我和米兰达肯定会让出主场，旁观这两个男人，搞清楚谁更年轻一点。

我在轻微的晕眩之中度过了这一天剩下的时间。上课前十五分钟，有三个学生额外准备了一场讲座。午餐时我脑袋里一直想着晚餐的事：单一麦芽、坚果以及咸饼干，还有他再度递给我两条毛巾，自己也拿着两条毛巾的时刻。今晚他也会这么热情好客吗，还是会变成某个陌生的家伙？我希望我最好的衬衫熨烫得体，于是检查了一下，发现它相当平整。我想过打一条领带，但还是放弃了。我梳理了头发，等不及让他的手擦过我的额头。出门赴约的路上，我一路小跑着去找熟悉的鞋匠，把鞋子擦得锃光瓦亮。

我觉得我很开心。我打算这样对他说：我觉得我很开心。我知道，在我们相处的第三个夜晚，我应当避免对他说这种话，但我不在乎。我就是想说。

那天晚上，我到餐厅时并没有看到他，这时才极其尴尬地意识到我根本不知道他的姓氏，这让我惊惶无措。我永远也不敢说出我是来见米歇尔或者米歇尔先生的。看来，我是必定要说出些令人羞愧难当的话来了，结果在我有机会开口之前，有个服务生认出了我，马上就带我去了三天前我们坐过的那个位置。这让我意识到，虽然米歇尔矢口否认，但我绝不是第一个面露尴尬走进这家法式餐馆的年轻人，服务生早已训练有素，一眼就能辨别出这是否又是他的一位客人。我有点恼火，但还是决定不要怀恨在心，就让这种情绪在心中溃烂吧，也许这些都是我的胡思乱想呢。或许真是这样，因为，当服务生带我来到离门口不过五步远的那张桌子边时，他就在那里，已经坐下了，正小口喝着开胃酒。都是因为我头脑混乱，所以完全没有注意到他一直都在盯着我。

我们拥抱。拥抱之后，我完全无法自控，我告诉他："我度过了一年里最完美的一天。"

"为什么？"他问。

"我还没搞清楚，"我说，"但肯定与昨晚有关。"

"对我而言，最完美的是昨晚和今晨。"他微微一笑，毫不掩饰地表示他很感激我们今天早上那小小的序曲，这一点让我很开心。我喜欢他的情绪、他的微笑、他的一切。沉默片刻后，我再也无法自持："你简直完美无缺，我一直都想要告诉你，你真的太完美了！"

可是，就在打开餐巾的时候，我突然发现自己丧失了食欲。"我一点也不饿。"我说。

"在我们俩之中，你才是完美无缺的那个人。"

"为什么？"

"因为我也不饿，但我不会说出来。我们回家吧。或许可以来些点心，来杯单一麦芽威士忌？"

"单一麦芽威士忌吧，能搭配坚果还有盐渍小零食之类的吗？"

"绝对要搭配坚果和盐渍零食。"

他转向领班："跟主厨说声抱歉，我们改主意了。À demain[1]。"

等到他家的时候，我们马上抛弃了饮酒和吃零食的念头。我们脱掉衣服，把它们丢在地板上，跳过了沐浴的步骤，径直去了床上。

星期四晚上九点钟，我们又在同一间餐厅碰面。

1　法语，意思是"明天见"。

星期五是共进午餐。

之后又一起吃了晚餐。

星期六吃过早餐后，他说他要开车去乡下，欢迎我也加入——如果我有空的话，他又秉着一贯谨慎而谦逊的风格补充了一句。他声音里那轻快的抑扬顿挫意在表示，若在我们的约会之外我还要去过别的生活，没问题，他已经做好准备，完全可以接受，并且永远也不会问为什么，在哪里，什么时间，或者跟什么人一起，但是呢，不得不说，他可能觉得自己也有同样的权利。"我们可以在星期天晚上回来，正好可以赶上每周的纪念音乐会。"他隐隐有些担忧，我说不准是因为邀请我与他共度周末，还是因为他大方承认我们已经有可以庆祝的纪念日了。他以惯常的矜持态度梳理状况，说如果我愿意和他一起去的话，他就在我的公寓门口将我放下，我上去收拾几件暖和的衣服，他在车里等我——晚上天气很冷——我们就这样出发了。

"去哪里？"我问，问这个问题等于迫不及待地说我当然要去。

"我在离城区一小时车程的地方有座房子。"

我开玩笑说自己像是灰姑娘。

"怎么会这样呢？"

"午夜的钟声何时会敲响？蜜月何时结束？"我问。

"结束时自然就结束了。"

"有没有确切的截止日期？"

"造物者还没决定终止的日期，所以我们要自力更生，而且，情

166

形完全不同。"他说。

"你难道不是对每个人都这么说吗？"

"确实，我说过，但是你和我之间有一些非常特殊的东西，对我来说是独一无二的。如果你允许的话，我希望在这周末向你证明。"

"还真是煞有介事的。"我吐槽道，而后我们俩都哈哈大笑起来。

"可笑的是，我真的有可能成功证明——那我们要去哪里呢？"他看着我，"而且——如果你确实想要知道——最让我担惊受怕的正是这个。"

我原本可以让他说得更详细一点，但是，我再一次感觉到，这会让我们进入一个我俩都不愿踏进的领域。

我们最终用了一个多小时才抵达那栋房子，房子不是《故园风雨后》里的那种风格，也不是《霍华德庄园》里那种。"我是在这里长大的。"他说，"这里很大，很旧，而且总是，总是很冷。就连自行车也老旧破损，和你的比起来差远了。穿过树林有个湖，我很喜欢那个湖，那是我充电休整的地方。一会儿我再带着你四处转转。对了，那边还有一架有些年头的施坦威钢琴。"

"太棒了，但是调音了吗？"

他看起来有点尴尬："我调了。"

"可是，什么时候调的呢？"

"昨天。"

"在我看来，你根本没有理由这样做啊。"

"毫无理由。"

我们都笑了。人生中总有一些突如其来的亲密时刻，此时此刻就是。我想要纵声高喊，我已经很久很久没有这样和一个人在一起过了。

我伸手揽住他的肩膀："所以你知道我会来。"

"不知道，我希望你会来。"

他带我参观了房间，随后进了宽敞的客厅。

我们并没有真正踏进客厅，而是站在门边，就像在旁观迭戈·委拉斯开兹画两个帝王。完好如新的木地板环绕着巨大的波斯地毯，地板闪烁着金色的光泽，显然被人悉心呵护了多年，用软布擦得光亮，甚至能闻到上光蜡的味道。"我一直都记得，"米歇尔说，"每个新学年开始后，我们只能在这里过周末，每当秋天来临，这栋房子就变得无比寂寥。在这里度过的那些秋日好像是永远在下雨的星期天，从九点钟开始下个不停，在冬日到来前雨水从不停歇。我们会在四点钟驱车回巴黎，一家人筋疲力尽，不言不语地坐在车里。我的父母讨厌彼此，但从不言明。唯一能够带来些许欢乐的——与其说是欢乐不如说是释放——是星期日晚上，我们打开位于城里的公寓大门，将屋里的灯一盏接一盏打开，承诺的音乐会就在前方，生活因此再度快马加鞭地前进，到了那个时候，我的全世界就能从学校作业、晚餐、母亲、沉默和孤独诱发的头昏脑涨之中升华出来，从没有尽头的少年时代里挣脱出来，这才是最让人开心的，少年的生活多么糟糕啊。我绝不会把自己在这栋房子里的童年与青春强加给任何人。人生就像医生的候诊室，怎么都轮不到我。”

他看见我在笑："我只在这栋房子里做过作业，我觉得我在这栋房子的每一个房间里都写过作业。"

我们俩开怀大笑。

我们在餐厅里简单地吃了顿午餐，可以说算是凑合了一顿。按照我的推断，他通常会在星期六中午前开车过来，星期日下午离开。"习惯。"他解释说。

这栋 L 形的房子非常大，外立面是十八世纪晚期的帕拉弟奥风格：相当平整，格外低调，老套的对称结构平平无奇，这或许能够解释它为何虽朴素但仍舒适优雅。那神秘的直角形侧翼，缔造出一个非常私密的空间，形成了一个受到精心照料、半封闭式的意大利式花园。开着天窗的孟莎式屋顶立马让我联想到阁楼上的冰冷房间，还有里面那个坐在书桌边、老老实实做作业的孤单男孩，未来的某一天，他将成为我的恋人，而那时的他心中一定藏着各种各样惊世骇俗的想法。我同情那个男孩，他妈妈总是让他把作业带来。所以也没别的事可做，更别提什么娱乐活动了，他说。

我问起了他的学生生涯。他进入了 J 中学。"我一点也不喜欢，"他说，"但是父亲有时候会过来，做好安排，带我出去玩几个小时。那一直都是我们之间的秘密。他也曾在那里读书，所以工作日的时候和他一起在附近走一走，进进出出各种商店，就好像忽然滑进了一个活跃的成人世界，一个我无权享受的世界，同时我也能肯定，悄悄溜进我的小世界是他对中学时代的一种重温，这样做只是为了感谢他的一颗颗幸运星，它们把那些岁月永远锁在了他身后。他说，如果我痛恨学校，他也绝不会感到惊讶。有天下午，我带他去了空无一人的教室，他发现一切都还和战争发生前一模一样，这让他困惑不已。教室里仍旧弥漫着陈旧木桌的浓烈气味，下午西斜的柔和阳光能够抹除一个男孩心中的一切不雅念头，深棕色的教室里有一股难闻的气味，这洒落下的柔光自顾自抚过中学教室里我那落满灰尘的咖啡色课桌椅。"

"你想他吗？"

"想他？算不上吧。可能是因为，和八年前去世的母亲不同，他在我心里从未真正死去，他只是暂时缺席，就好像不知什么时候他就会改变主意，从什么地方冒出来，打开后门溜进屋里。这就是为什么我从未真正为他哀悼过，他还在——只是在别处。"他思索片刻，如此回答。

"我保留了他的大部分东西，尤其是领带，还有他的来复枪、高尔夫球杆，甚至还有老旧的网球拍。我曾以为自己是把这些东西当成了纪念品，我把他的两件毛衣封进塑料包里，这样就能保存下他的气味了。我拒绝的并非死亡，而是消亡。我永远也不会使用他变形的网球拍，上面还缠着羊肠线。我和儿子不够亲近，如今他也有了自己的孩子。让我痛心的主要原因并非是我知道自己本会是个很称职的祖父，而是我希望他见过我的父亲，像我一样爱我的父亲，这样的话，如今我和儿子就能像今天这样，在十一月的某一天，一起坐在这里，一起回忆我的父亲。没人能和我一起回忆他了。"

"我能扮演这个角色吗？"我近乎天真地问。

他没有回答。

"但是我必须告诉你，三十年后的今天，若说有哪件事真正让我觉得遗憾，那就是，我的父亲永远无法见到你。今天这个念头让我无比焦虑，仿佛我的人生中失去了一条重要的纽带，我也不知道为什么，所以这周末我才想要带你来这里。"

我原本打算问，难道现在就要见他的父母吗，但好像也不算太快——这样一想，我脸上便不自觉地浮起微笑，不过我还是决定什么也不说，不是因为在那一刻我的揶揄戏谑不合时宜，而是因为心中有个声音告诉我，事实上，一点也不快，我见到或者说听说他父母的时间不算早。

"你有点吓到我了。"我说，"这意味着我永远也不可能符合要求，除非你父亲同意，然而他永远也不可能认识我，所以你也永远都无法认可我？"

"错，我知道他会同意的，这不是重点。我觉得，要是他知道我这一整周都非常开心，他也肯定会很开心。"他顿了片刻，又说，"或者，这种事是不是会给你们这代年轻人带来很大的压力？"

我摇摇头，微微一笑，意思是你也太老派了，竟然还这么给我和我们这代人贴标签。

"关于父亲的事情，我一直喋喋不休地啰唆了这么多，我敢肯定，你绝对认为我有恋父情结。其实我很少想到他，但我确实会梦见他，大多是一些甜蜜而慰藉的梦，所以，有件事很滑稽——他竟然知道你。在梦里，他不让我去钢琴吧，而是直接去音乐学院。很显然，是我的潜意识在通过他之口来表达。"

"如果不是这个梦，你还会把我找出来吗？"

"可能找不出来吧。"

"那样的话可真是浪费时间。"

"那这个星期天的音乐会你还会来吗？"

"你已经问过我了。"

"但你并没有回答。"

"我知道。"

他点点头，意思是和我想的一样。

吃过午饭，他问我是否想弹弹琴。我坐了下来，弹了几段快速的和弦来进行测试，营造出严肃的氛围，而后开始弹奏《筷子》[1]。他捧腹大笑。我不知道自己着了什么魔，开始在《筷子》的基础上进行即兴创作，最终停下来，接续弹了一段最近谱写的老式恰空舞曲。我弹得非常优美，因为我是为他而弹奏，因为这曲子适合秋天，因为音乐在同老房子喁喁私语，同依然住在他心里的那个男孩私语，也在向我们之间的漫长岁月款款诉说，而我多么渴望消弭这段岁月啊。

1　《筷子》是英国作曲家尤菲米亚·艾伦的作品，是一首古典名曲。

一曲终了，我让他准确地告诉我，在我这个年纪时，他都在做什么。

"可能是在我父亲的律师事务所工作，非常痛苦，因为我一点也不喜欢这份工作，也因为我的人生中没有一个特别的人，一个都没有，除了……偶尔的约会对象。"

而后，他忽然问起我上一次亲热是什么时候。

"保证不许笑？"

"不笑。"

"去年十一月。"

"可那是一年前啊。"

"即便如此……"

但是我没能说完这句话。

"嗯，上一次带人到这房子里来时，我还是你这个年纪，他在这里过了一个晚上，而后我再也没有见过他。"他没有把自己要讲的话讲完，肯定是马上就知道我的脑海中闪过了什么：当他邀请恋人前来时，我还没有出生。而后，为了改变话题，他补充道："我敢肯定，我父亲一定会非常喜欢你弹奏的曲子。"

"你爸爸为什么不弹琴了？"

"我永远也不可能知道答案了。他只为我弹过一次，应该是在我十五六岁的时候，他告诉我那是一首难度很高的曲子。当时他对我的音乐天赋已不抱任何期待。有一天，母亲去了巴黎，他就坐在这台钢琴前，就那么弹了起来——是一首非常短的曲子，在我听来雄浑壮丽，是李斯特的《威廉·退尔教堂》。那时我便确信无疑，我的父亲是一位非常伟大的钢琴家。我看过很多他身穿燕尾服坐在钢琴边或者站在钢琴后面向观众鞠躬的照片，但我从来没有真正了解过他作为钢琴家的那段人生，那是一扇紧闭的大门。他为什么不再弹琴了呢，还有他为何不再提及此事呢，这些问题我永远也不可能知道答案了。即便有一次，我告诉他，夜里听见他弹琴了，音乐从遥远的侧翼飘到了我的床上，他还是矢口否认。'肯定是唱片里的音乐。'他说。弹李斯特作品的那一次，他也只是简简单单地问了一句：'你喜欢吗？'我不知道该说什么，只能喃喃低语：'我真是太为你骄傲了。'他从未想到我会说出这样的话来，所以他连连点头，我看得出来，他很感动。然后他合上钢琴，再也没有为我弹奏过。"

"难以理解。"

"但他绝对不是个封闭的人。他喜欢谈论女人，尤其在我快到十八九岁时，每次听完教堂的音乐会，他都会说一说音乐，有时就会将话题转向爱情，转向他年轻时认识的女人，以此收尾。他也会谈到那难以形容的欢愉，没人知道究竟该怎样描述这种欢愉，因此，关于愉悦与欲望的知识，我从他那里学得更多，都是在音乐会结束之后回家的路上，那些一心一意想帮我弄清楚这些概念的人并没有教我更多。他是个懂得培养愉悦感的男人，虽然我极度怀疑带给他欢愉的对象并非我的母亲。有一天，他对我说话，但更像是在自言自语，他说，有的女人你或许永远也不会再见，但你为她付出了美妙的半小时，而有些女人呢，你和她相处几分钟后反而感到更加孤独，前者的半小时远远强过与后者共度的时光。很搞笑。

"有一天，星期日音乐会结束后，他说，如果我愿意的话，他知道有个地方，女人能够轻轻松松地教会我成年人在一起时做的事情。我既好奇又害怕，但他告诉了我该去什么地方，找什么人，除此之外还给了我钱。

"一周之后，我们又一起去听星期日的音乐会，一路上笑声不断。'所以搞定了？'他只问了这么一句。'搞定了。'我回答。这件事让我们更加亲近。几周之后，我发现了一种截然不同的欢愉，而他很可能对此一无所知。现在回想起来，我很后悔没有告诉他这件事，但是在那个时代……"

他欲言又止。

他问我想去散散步吗。

我说好啊。

米歇尔说他以前有只狗，他会和狗狗一起散很久的步，天黑之后才回来，但是自从狗狗去世后，他就再也不想养另一只狗了。"死前他承受了很多痛苦，所以我让他接受了安乐死，但我永远也不要再承受那种失去的痛苦了。"

我没有问，但是我的沉默显然是在提醒他我已经琢磨过这个问题了。

我们很快就走近了树林。他说要带我去看看那个湖。"那个湖会让我想到柯罗的画，总是傍晚时分，永远不见阳光。在柯罗的画里，他总是在船夫的帽子上涂一点红色——十一月忧郁的大地上不见一点雪花，这一点红色仿佛就是一点欢笑，让我想到了我的母亲——她总是一副要哭出来的样子，但从未真正啜泣过。这样的风光让我心情舒畅，或许是因为我觉得它们比我还要忧伤吧。"

抵达湖边时，我问："这里就是你充电休息的地方吗？"

"正是此地！"他知道我是在打趣他。

我们本打算坐在草地上，但草地太湿，所以只能在岸边徘徊，而后折返。

"我不知道该如何告诉你，但我让你来这里，确实是有理由的。"

"你是说，和我的外表、年纪以及才华智慧毫无关系，和我的身材毫无关系？"

他拥抱了我，充满渴望地吻了我的双唇。

"当然和你本人有关系——但是我保证，等在前面的东西一定会让你大吃一惊。"

天空中的云朵渐渐堆积。"这真的是属于柯罗的乡村，不是吗——一如既往地阴郁悲伤，不过，这却让我情绪不错，或者是因为你在这里。"他说。

"显然是因为我在这里。"他知道我还是在挪揄他，"又或许是因为，我也很开心。"

"你真的很开心吗？"

"我在努力隐藏我的开心，你看不出来吗？"

他伸出手臂揽住我，吻了我的脸颊。

"或许我们应该回去了。喝点苹果白兰地没什么坏处。"

回去的路上，他说轮到我说说自己的家庭了，很可能是为了表示他并不打算一个人从头到尾谈论父母，他也会给我对等的时间来谈论我的父母。但是可说的并不多，我说。我的父母都是业余音乐家，所以我就是他们梦想的巅峰。我爸爸是个大学教授，是我的第一任钢琴老师，但很快，在我八岁左右他就意识到，我的能力远胜于他的。我们一家三口非常亲密。他们从不否定我，在他们眼里，我做什么都不算错。我是个安静的孩子，十八岁左右，我的取向在各方面表现了出来，非常明显。一开始我没有提，但是我永远都要感激我的爸爸，很多家长连暗示都不愿意的一些事情，他却能让我轻轻松松地讲出来。我念大学之后，他们就离婚了。我觉得这对他们来说并不意外，我是将他们拴在一起的纽带，然而他们的兴趣向来不同，他们过着截然不同的生活，交往的朋友也大相径庭。后来有一天，妈妈和别人在一起了，她认识那个人的时间比认识我爸爸还要早，她决心随那个人一起去米兰生活。爸爸呢，压根就不想再结识什么新的伴侣，但是几年之后，他遇见了一个人，全天下哪里都有火车，他们偏偏就在那辆火车上遇到了，如今他们已经有了孩子，而我就是孩子的教父，同时也是同父异母的哥哥。总之，每个人都过得不错。

"他们知道我的存在吗？"他问。

"知道，星期四我爸来电话的时候我告诉他了。米兰达也知道了。"

"他们知道我年纪比你大很多吗？"

"知道。顺便说一下，我爸爸的年纪也是米兰达的两倍。"

他顿了顿，陷入沉默。

"你为什么要告诉他们我的事呢？"

"因为很重要，这就是原因，可别问我是不是真的那么重要。"

我们停下脚步。他在落下的树枝上蹭鞋子，并折下幼苗，把鞋子的其他部分也擦了擦，而后看着我。

"你绝对是我有生以来认识的最最亲爱的人。这也同样意味着你能伤害我，能实实在在地摧毁我。你们这代人会这么说话吗？"

"别再说什么我们这代人了！也别再说这样的话！这种说法会让我沮丧。"

"那我绝不再多说一个字。在你认识的人里，有人会说这么正经的话吗？"

我能感觉到，又来了，又来了。"拜托抱住我，抱住我就行。"

他伸出手臂，紧紧抱住了我。

我们继续在沉默中前行，手挽着手，直到该我去清理鞋子才将手松开。"柯罗的乡村！"我抱怨道。我们俩都笑起来。

回到房间后，他说："我想带你去厨房看看。那里亿万年都没变过。"我们来到宽敞的厨房，很显然，房主设计这样一间厨房绝不是为了坐下来喝杯咖啡，吃个鸡蛋。墙上挂满各种材质的壶和锅，但不是在杂志或者家居装饰目录里看到的那种风格，就是那种时髦凌乱、雅致的高仿法式乡村风。厨房的某些地方显得很古老，而且丧失了功能，没有人会想珍藏这样一间厨房。我审视整个厨房，觉得这里的电线、煤气和水管就算没有经历几代人的时光，也得是好几十年前的东西了，恐怕得全部拆除，重新安装才行。

我们离开厨房，来到客厅。他打开客厅里一个小小的木头陈列柜，柜子是个古董，他从里面找出一个瓶子，还拿出了两只酒杯，他用一只手就拿住了这些东西,酒杯挂在手指之间。我喜欢他这一系列动作。

"我要给你看些东西，我相信没人看过。德国人离开我们家之后不久，这东西就到了我父亲手上。在我不到三十岁时，在父亲陷入昏迷前几天——他知道自己的时间就要到了，毕竟没人会蠢到去跟他说这种话——当我们单独相处时，他让我打开这个小小的柜子，拿出一个巨大的皮革信封。

"父亲说，这个信封成为他的私有物品时，他还没有我大。"

"里面有什么？"我拿着信封问道。

"打开它。"

我以为会是什么证书、遗嘱、证明之类的东西，或者是一组不宜公之于众的照片。结果，我打开皮质的对开信封后，竟然在八张双面葱皮纸上发现了乐谱。五线谱显然是手工画上去的，线条歪歪扭扭。画这个的人肯定没有尺子。最前面写着：里昂赠阿德里安，1944 年

1月18日。

"阿德里安是我父亲,他从来没有解释过。他只是说:'别毁了它,别把它交给什么档案馆或者图书馆,把它交给一个知道该如何处理它的人。'他说出这些话时,脸上的表情让我心碎,我看得出来,他知道,在他的人生还有我的人生之中,没有一个可以托付这份乐谱的人。我也觉得他都知道,他知道我的事,就是这样。他用那深沉的、探究的眼神凝望着我,那是时日无多的人才会有的眼神,很奇怪,我们之间的一切,每个充满爱的时刻,每一次失望,每一次误解,每一个暗藏深意的眼神全都在这凝视中融化了。'找到一个人。'他说。

"当然了,看到曲谱的时候我一头雾水。除了弹过几年钢琴,我对古典乐一无所知,而他,也从未将他的立场强加于我,所以这份曲谱从未让我苦恼。

"我在看这份曲谱时那么困惑,其实还有一个原因。我出生的时间比曲谱上的时间晚了二十年,所以这个人我从来没见过,更没听说过,而我的中间名却来自这个人的名字,里昂。我问父亲,这个人是谁,可他脸上写满了茫然,做了个不屑一顾的手势。他说,这事说来话长,而他太累了,而且他宁愿不说,也不愿去想。'你这是在让我记起来,而我不想记起来。'他说。我不知道这是他脑袋里的吗啡起了作用,还是他想求助于自己的口头禅——我宁愿不说——他每次想回避什么敏感话题时就会这么说,尤其是当他想让你知道,但凡他多说一个字,就等同于打开了潘多拉魔盒时。我如果坚持不懈地发问,

180

得到的又将是他那简单草率、无动于衷的手势，没耐心面对乞丐的时候他就是那样。我本计划着要再问问他，可我很快就淡忘了这个念头，而且我还得照顾他，他的病情正在持续恶化。如今回头再看，我几乎觉得，他在重病期间撑下去正是为了找个机会，在母亲不知道的情况下将这份曲谱交到我手里。几个月后他去世了，我四处打听，发现无论是母亲那边还是父亲那边，都找不出一个叫里昂的亲戚来。最终，我问母亲：'里昂是谁？'她看着我，脸上浮现出困惑不解的神情：'当然是你啊。'是不是还有另一个里昂，我问。没有。里昂这个名字是我父亲起的，他们为名字大吵特吵，她想用米歇尔，那是我曾祖父的名字，他将财产赠予了我们，而父亲则坚持要用里昂这个名字，结果当然是母亲赢了。把里昂作为中间名是一种妥协，从来没有人那么叫我。

"直到那时我才突然意识到，母亲绝对不可能知道里昂以及这份曲谱的存在。她但凡见过这份曲谱，肯定要问谁是里昂，她绝对不会让这件事就这么过去，势必要打破砂锅问到底。这就是母亲的行事风格——她一旦下定决心要做什么，就会展开入侵式的行动，而且得理不饶人。她坚持要我当个律师——别想违抗她的意愿。

"父亲去世后，我在他留下的用人当中进行了一番调查，结果发现有个从前的用人真真切切地记得那么一个里昂。Léon le juif，犹太人里昂，在家里大家都这样叫他，是我祖父最先这样叫的，他痛恨犹太人，后来从厨子到清扫女工都这么叫。'但是，'还是那位老厨子的话，'那已经是很久很久以前的事了，那时候你父母还不认识彼此。'我看得出，很难从厨子嘴里问出更多信息来，于是我就这么放过了这件事，想着下次有机会再问他，而且不能让他觉得我是在盘问他，是在找答案。我问了他占据我们房子的德国人的事，因为我知道，只要说起那段日子，就很可能将话题扯到里昂身上，而他只是说，德国人是风度翩翩的绅士，给的小费不少，并且格外尊重我的家人，不像那个犹太佬，他想起我刚刚问过里昂，于是这样说。他是我们家里最后一个认识里昂的人，但是父亲去世后他就退休了，回到了北部居住，他也是在那里失去了音讯。线索就这样断了。

"母亲去世的时候，我决定整理家族文件——但是没有发现任何犹太人的蛛丝马迹。有两件事我不明白，就是父亲为何要把这份乐谱锁起来，我又为什么会继承里昂的名字。与我同名的那个人发生了什么事？我期待着能找出一本日记或者父亲早年的学校档案，可父亲从不写日记。我确实在他的文件里找到了诸多文凭、证书和数不清的音乐唱片，有些纸张非常脆弱，而且酸度非常高，一触即碎，但是，说来奇怪，我从来没有见过他翻阅那些曲谱。有时候，偶然听到收音机里有音乐家演奏时，他会挑剔他们的演奏，总是说'他不妨去弹雷明顿打字机好了'，他也会批评另一个世界级的钢琴家，'是个伟大的钢琴家，但是个糟糕的音乐家'。

"转到法律行业后他有什么变化吗？我并没有感觉到，也可以说，我不明白他为什么放弃了音乐家这份事业，或者，再说得直接一点，我根本什么都不知道，我以为我的父亲是这样的，而他背后其实还藏着另一个自己，那个他是怎样的，我一无所知。我只认识那位律师，至于那位钢琴家，我从未见过，也没有和他一起生活过。时至今日，我没能认识那位钢琴家，没和他说过话，这依然在我内心最深处折磨着我。我认识的那个人是他的第二人格。我猜测我们有第一人格，还有第二人格，甚至第三、第四、第五人格，而在这些人格之间还有更多更多个自己。"

"那我现在是在和谁对话呢？"我适时问道，"第二，第三，还是第一人格？"

"第二吧，我猜，年纪，我的朋友，但一部分的我渴望让你与更年轻的我对话，渴望在我与你同龄时让你来到这栋房子里。颇为讽刺的是，和你在一起时，我所感受到的是你的年纪，而非我自己的年纪。我敢肯定，我一定会为此付出代价。"

"你可真是个悲观主义者。"

"或许吧。可是年轻的我搞砸了很多事，也错过了很多风景。老一点的我更节俭，更谨慎，因此也更勉强——或者说更绝望——有些事物，他原本生怕自己一辈子都不会再找到，可现在呢，却一头扎了进去。"

"但是此时此地，你有我啊。"

"没错，但能拥有多久呢？"

我没有回答。我一直在竭力回避，不愿触碰未来这一话题，但结果听起来可能比他希望的还要愚蠢。

"是这样，今天，就像昨天，"他说，"就像星期四、星期三，都是礼物。我原本可能再也找不到你，就那么轻易地错过你，你甚至再也不会出现在我面前。"

我不知道该说什么，只能微笑。

他又给我们俩各倒了一杯苹果白兰地："希望你喜欢。"

我点点头，就像我第一次喝单一麦芽威士忌时一样。

"命运，如果命运真的存在，"他说，"它用奇怪的手段来戏弄我们，使用的方式可能压根称不上什么方式，却暗示我们，总有一丝残留的意义能被找出来。我的父亲、你的父亲、钢琴，总是钢琴，然后是你，像我的儿子一样，但完全不像我的儿子，而后这条犹太人的线索串起了我们两个人的人生，所有这一切都在提醒我们，人生不过就是一场又一场考古挖掘，而挖掘的深度可能超出我们的预期。又或者，人生根本什么都不是，不过一场空罢了。

"无论是何种情况，我都会把这份曲谱留给你。我要去看一下今晚他们准备了什么当晚餐，与此同时，让我知道你怎么想。记住，你是极少数看过这份曲谱的人之一。"

他轻轻带上门，仿佛是为了表示，我要做的事情需要精神高度集中，而他最不愿做的事就是打扰我。

我很乐意独自待在这个房间里，它虽然很大，但感觉很亲切，就连身后老旧、厚重的窗帘散发出的气味我都很喜欢。我喜欢墙上有些年头的桃花心木镶板和深红色地毯，也喜欢我此刻坐着的这把皮质扶手椅，坐垫凹陷，外皮剥落。超级美味的苹果白兰地同样深得我心。一切都很有年代感，都是传承下来的，几个世纪之前就已经摆放在这里，迎接之后一个又一个新世纪。战争与革命无法抹杀这个地方，因为顽强的遗传和长寿基因似乎永远镌刻在这座宅邸的每一个角落，甚至连我握在手中的易碎酒杯也是一样。米歇尔在这里长大，被这里庇护，也被这里扼杀。我很好奇，十几岁的他在杂志上寻找幻想对象时，是否就是坐在这把扶手椅里。

他期待我拿这些曲谱怎么办呢——告诉他曲子是好是坏？说这个犹太人是个天才，或者是个白痴？抑或是他在寻找那个还未成为他父亲的男人，希望我能通过这些音乐符号的碎片帮他掘地三尺，找出那个人来？

我开始翻阅这份曲谱，可我越是盯着第二页看，就越是忍不住要问，为何五线谱画得如此歪歪扭扭呢。只可能有一个解释：写下这些谱子的时候，没有现成的五线谱可用，而且，里昂绝对认定阿德里安马上就能认出这些音符，或者至少清楚该怎么处理这些音符。

但很快，我开始注意到别的细节。这段乐谱没有一个明确的开头，这就意味着，要么乐谱本身不完整，要么谱写它的时间就是现代派的巅峰时段，而且，多么缺乏新意啊，我心想，脸上因为嘲讽而漾起自鸣得意的笑容。我看着乐谱的最后一页，没有寄希望于找到一个明确的结尾，事实上，确实没有什么结尾，只有一个长长的颤音，完全不知要导向何处。真是预料之中呢，我心想，而且多无聊啊！没有结尾的结尾——令人作呕的现代派作风！

一部分的我不忍心把这些告诉米歇尔。我不想告诉他，他的父亲对这份乐谱真是过分溺爱了，它一直沉睡在卡地亚皮革信封内，锁在柜子里，岁月流逝至今，这份曲谱的价值甚至远不如皮革信封。最好还是让它继续沉睡吧。

而后我继续翻阅前三页，渐渐注意到某些让我内心一沉的东西。我以前见过这些音符。亲爱的上帝啊，五年前我甚至在那不勒斯弹奏过！但不是完全按照这个顺序，需要费点时间才能辨认出这些音符。这个可怜的家伙一直在模仿莫扎特啊。真是平庸！而且，更糟糕的是——我简直不敢相信——几个小节之后，我觉得我认出了人人都知道的一些蛛丝马迹，真是一点也不巧妙：从贝多芬的《瓦尔德施泰因奏鸣曲》中拎出来的欢快回旋曲，辨识度非常高。我们亲爱的里昂真是东偷一点西挪一点。

我凝视着淡褐色的墨痕。要么就是墨迹经年累月后褪色了，要么就是作者使用了稀释的墨水。曲谱看起来是匆匆忙忙写下的，绝望而仓促，在我的想象中，1944 年，在巴黎北站，没有人知道里昂要去哪里，反正他在火车进站前从车站寄出了这份曲谱。所有者是否颇有幽默感，我心想，所以才这里偷一点那里抄一点？他是个天才还是个蠢材呢？通过这些手写的音符能发现什么吗？里昂的年纪可能是多大？

他当时是否像二十多岁的米歇尔一样，是个热衷恶作剧的年轻人，或者年纪还要更小一点？

　　就在我试着猜测里昂其人时，忽然间灵光一闪，想到了我能够辨认出开头那一系列音符的理由。它们是组合而成的，或者说其中一部分是由莫扎特的作品组合而成的，但这份乐谱不是奏鸣曲，不是序曲，不是幻想曲，也不是赋格曲，这是用在莫扎特《d 小调第二十钢琴协奏曲》中的华彩乐段，所以我才辨认出了这部分主旋律。可是他并没有抄袭莫扎特，他是引用了贝多芬在演奏莫扎特的协奏曲时弹奏的华彩乐段，这也同样激励里昂重复了《瓦尔德施泰因奏鸣曲》里的几个小节。里昂是在享受乐趣。钢琴家阿德里安在第一乐章结尾的时候很可能是要即兴演奏，而里昂将他即兴演奏的部分组合了起来，那是光辉灿烂的时刻，管弦乐队停下，任由钢琴家随心所欲地弹奏，正是在这一部分演奏当中，想象力、勇气、爱、自由、造诣、天赋以及对莫扎特协奏曲核心的深刻理解才最终由华彩乐段高声诉说出来，诉说着他们对音乐及创作的热爱。

　　华彩乐段的作曲者理解了莫扎特未能完成的曲谱，也猜到了莫扎特的意图，就是要空在那里，留给他人代自己完成，尽管他们是在一个截然不同的时代完成了这个乐章，这个时代的音乐世界已然天翻地覆。一个人若要进入莫扎特作品的密林之中，他所需要的并不是穿上莫扎特的鞋子，学莫扎特的步态走路，或者重复他的习惯、声音、节拍，甚至风格，他所需要的是用莫扎特永远想象不到的新面目示人，要在莫扎特停止的地方继续创作，但构建出的东西绝不能弱化莫扎特的辨识度，必须要让人一听便知道，这只能是莫扎特的作品。

米歇尔回到房间时，我迫不及待地把这些告诉他："这不是奏鸣曲，这是华彩乐段——"我开始解释。

"鸡肉还是牛肉？"他打断了我。我们的晚餐与幸福感打败了其他一切。

他这样做的时候我特别开心。"我们是在飞机上吗？"我问。

"我们也可以提供素食哦。"他继续说，滑稽地模仿法航空乘，"我还有超棒的红酒。"他顿了片刻，"你刚刚说什么？"

"不是奏鸣曲，而是华彩乐段。"

"华彩乐段！当然了，我一直以来都这么认为。"他停了片刻，"所以什么是华彩乐段？"

我哈哈大笑。

"是钢琴协奏曲里非常短的一小段，也就一两分钟，是独奏者在协奏曲已经演奏过的主旋律基础上进行的即兴发挥。通常情况下，钢琴家会在华彩乐段的结尾以一个颤音来结束他的演奏，这是让管弦乐队重新开始演奏的信号。刚看这份曲谱时，我看不出那个颤音在哪里，但是此刻再看，就完全可以理解了。这个华彩乐段，不知道为什么，不断继续，我不知道要持续多久，但显然不止五六分钟。"

"所以这就是我父亲的大秘密？六分钟的音乐，是吗？"

"我猜是。"

"没有别的了，是吗？"

"我还不太确定，得研究一下。里昂不断重复《瓦尔德施泰因奏鸣曲》。"

"《瓦尔德施泰因奏鸣曲》。"他重复我的话，露出灿烂的微笑。我茫然了片刻，而后，又一次，我明白了他为什么要笑。

"别跟我说你的年纪比我大一倍，你却从来没有听过《瓦尔德施泰因奏鸣曲》。"

"非常熟悉。"又是那个微笑。

"你在说谎，我知道的，我看得出来。"

"我当然在说谎。"

我站起来，走向钢琴，开始弹奏《瓦尔德施泰因奏鸣曲》的开头部分。

"《瓦尔德施泰因奏鸣曲》，当然了。"他说。

他还是在开玩笑吗？

"事实上我听过很多次。"

我停止弹奏，转而开始弹回旋曲。他说他也听过。"那就唱出来。"我说。

"我才不会做这种事。"

"和我一起唱。"我说。

"不要。"

我开始唱回旋曲，抬起头来凝视他，带着诱哄的意味，过了一小会儿，便听见他犹犹豫豫地开口。我放缓了弹奏速度，要求他唱大声一点，最终我们的歌声整齐划一。他将双手搭在我的肩膀上，我以为这是要我停下，结果他却说："别停。"于是我便继续弹奏，继续歌唱。"你的声音宛若天籁。"他说，"若是可以的话，我真想亲吻你的声音。""继续唱。"我说，于是他便继续歌唱。当我们的低声吟唱接近尾声时，我转过身来，注意到他眼中泛着泪光。"为什么？"我不解地问。

"我也不知道为什么，也许是因为我从来没有唱过歌吧，又或者只是因为——是和你一起歌唱，所以我才愿意歌唱。""你不会在洗澡的时候唱歌吗？""很久没有了。"我站起来，用左手拇指拂去他两边眼角的泪水。"真高兴我们一起唱了。"我说。"我也是。"他说。"会让你难过吗？""完全不会。我只是太感动了，仿佛你将我从自己的身体里一把推了出去，再加上我太害羞了，所以流眼泪对我来说就跟有的人脸红一样，是家常便饭。"

"你，害羞？我可一点都不觉得你害羞。"

"你根本无法相信我有多害羞。"

"你毫无理由就和我说话，事实上那算是搭讪，偏偏还是在教堂，然后你就带我去吃饭了。害羞的人才不会这么做。"

"事情之所以发展成这样，是因为，没有任何一步在我的计划之中，我甚至连想都没想就那么做了，这是那么自然而然，也许是你添了一把火。就在那天晚上，我当然想让你跟我一起回家，但是我不敢。"

"所以你就让我和我的背包、自行车，还有头盔一起滞留在原地，我可真是谢谢你！"

"你不会介意的。"

"我确实不介意，但我很伤心。"

"然而此时此刻，你和我一起在这间屋子里。"他顿了片刻，"我这么说是不是让你有点受不了？"

"又要说我这代人怎样怎样了？"

我们都笑了。

我拿起乐谱，再说回里昂。

"让我来给你解释一下华彩乐段是怎样完成的。"

我飞快地翻了一遍他的唱片收藏——全都是爵士乐——好在最终，我的手停在了一张莫扎特的协奏曲唱片上，而后我把一套特别复杂而且看起来异常昂贵的音响设备放到了十八世纪的茶几上。我不停地摆弄，研究这套音响如何工作，同时避免去看他，以免让他觉得我马上要问的问题有多重要似的。"谁让你买这个的？"我问。

"没人让我买，我让自己买的，好吗？"

"好。"我说。

他知道我喜欢他的回答："而且我还知道怎么使用它，你唯一要做的就是命我出手。"

几分钟之后，我们开始谛听莫扎特的钢琴协奏曲。我让他先听第一乐章，而后抬起唱针，往前挪，挪到我预估的华彩乐段的起始部分。

这个华彩乐段是莫扎特自己组合而成的。我们一直在听这个华彩乐段，直到我指出标志着管弦乐队回归的那个颤音。

"这是默里·佩拉西亚演奏的，非常优雅，非常澄澈，确实首屈一指。这个华彩乐段的关键便是从主旋律里拿来的这些音符。我会唱出来给你听，然后你也要唱出来。"

"绝对不要！"

"别这么孩子气。"

"没门儿！"

我先弹奏了那些音符，而后在弹奏的同时唱了出来，并且继续弹奏，有点卖弄的意思。"轮到你了。"再度弹奏这些音符时，我说道，而后转过头面向他，表示该他唱了。起初他有些犹豫，但很快便照做了，小声哼出音符来。"嗓音很不错。"最终我这样说。因为有了灵感，我又将这些音符弹了一遍，告诉他再唱一遍，说："这会让我很高兴。"

他又唱了一遍，然后我们一起唱起来。"下周我要开始上钢琴课，"他说，"我希望钢琴再次成为我生活的一部分，也许我也想尝试作曲。"

我拿不准他是不是在逗我。

"愿意让我当你的老师吗？"我问。

"求之不得。多么愚蠢的问题，但问题是……"

"哦，嘘！"

弹奏贝多芬时我让他坐下来，接着从贝多芬的华彩乐段转换成莫扎特的《d小调第二十钢琴协奏曲》。"闪闪发光。"我说道，我在弹奏的时候，觉得自己将这两段乐曲弹得完美无缺。

"还有很多其他的,还有一段是莫扎特的儿子组合起来的。"我说。

我弹着，他听着。

而后，因为灵光乍现，所以我为他弹奏了自己当场创作的版本：
"如果你愿意的话，我可以永远弹奏下去。"

"我也希望自己能永远听下去。"

"你会的。要是我今天早上练过手的话，会跟这架钢琴配合得更好，但是某些人今天却有别的计划。"

"你也可以不答应。"

"我想答应。"

而后，突然间，他说："能弹一下你为那个泰国学生弹奏的曲子吗？"

"你是说这个？"我问道，马上就知道他指的是哪首曲子。

"这里比较有意思的是，我们的朋友里昂在华彩乐段之后，从《瓦尔德施泰因奏鸣曲》里引用了几个小节，于是就出现了一些相当疯狂的情形。"

"什么？"他问道，一整天下来，过多的音乐知识让他应接不暇。

我看着乐谱，再一次确定这不是我自己的臆想。"我还不是很肯定，在引用了《瓦尔德施泰因奏鸣曲》之后，里昂有些踌躇，直到他从贝多芬滑向别的东西，这东西名为《柯尔·尼德拉》，很可能给过贝多芬创作其他乐曲的灵感。"

"当然。"他说，马上就要绷不住笑出来了。

《柯尔·尼德拉》是一段犹太人的祷文。你看，犹太教的主题非常隐晦，但私货都藏在了这里……我的猜测是，除非是具备音乐素养的人，否则只有犹太人才能在解读这个曲子时辨别出这个华彩乐段的中心并非贝多芬的奏鸣曲，而是《柯尔·尼德拉》。那几段旋律重复了七次，所以里昂很清楚自己在做什么，而后，当然了，他又回到了《瓦尔德施泰因奏鸣曲》，来到宣布管弦乐队回归的颤音。"

为了让他明白我的想法，我一个音节一个音节地给他演奏这个华彩乐段和《柯尔·尼德拉》。

"《柯尔·尼德拉》是什么？"

"是在赎罪日开始时念诵的阿拉米语祷文，赎罪日是犹太历当中最为神圣的一天，意味着所有约定、所有誓言、所有诅咒、所有义务全都传达给了上帝，但是这段旋律非常吸引作曲家。我的直觉告诉我，里昂知道你父亲能看出来。这就好像是他俩之间的密码。"

"但我知道这段旋律。"他忽然说。

"你在哪儿听过？"

"我不知道。我确实不知道，但是我听过，也许是很久很久以前。"

米歇尔思索了片刻，而后，仿佛是为了让自己振作起来，他说："我觉得我们应该坐下来吃个饭。"

但我必须把这件事解决了。

"如果你父亲了解这段旋律，那只可能有两种途径。要么就是里昂给他哼唱过或者弹奏过——为什么，我不知道，除非是为了证明犹太教的礼拜仪式中有非常优美的音乐——要么就是你父亲参加过赎罪日的服务活动，这也许更能表明两者之间的密切关联。在那一天提供服务可不是什么小事，那并不是让游客来旁观犹太人如何庆祝赎罪日的场合。"

米歇尔思索片刻，说："如果你邀请我的话，我会去的。"我拉过他的手，握住，吻了吻。

关于为什么会有这样一个神秘的华彩乐段，吃晚餐时，我们讨论了一下各自的想法。是一个只有他们两人才懂的笑话？是一首尚未完成的乐曲的精华？是给钢琴家的挑战？也可能是一个人给另一个人的暗示，是一种致意，是为了纪念可能逝去的友情，谁知道呢？"还有太多细节没来得及验证，"我说，"除非这个华彩乐段是在极端恶劣的环境下写成的，是来自地狱的犹太人发起的袭击。"

"我们是不是有点过度解读了呢？"

"有可能。"

"我们在城里有个特别棒的屠夫，所以鱼片切得恰到好处。我们的厨师喜欢蔬菜，如果能找到的话她肯定会用芦笋，虽然她对芦笋过敏，但烹饪起来却是一流的。我喜欢印度米饭，所以，来闻闻这个。"他说着，颇为满意地把手放在米饭上方，往我这边扇了扇。他很清楚这是在拿我寻开心。

但紧接着，我说，我们错过了一些东西。

"里昂是个犹太人，你的祖父母都很讨厌他，他们很可能觉得他对你父亲的事业产生了不好的影响，用人则认为他的地位在他们所有人之下。法国已经被占领了，很快德国人就会生活在这里的每一个屋檐下，如果当时他们还没有在这张桌子上吃饭的话，你告诉过我他们曾住在这里，那里昂不可能也在这栋房子里，除非他躲在阁楼，但这里的人绝对不可能接受，所以，这份曲谱是怎样送到你父亲手上的呢？"

我把曲谱带到了餐桌上。

"尝一下这瓶酒，我们还剩三瓶，都已经在厨房里'醒'着了。"

"你能集中注意力吗？拜托了。"

"能，当然。你觉得这酒怎么样？"

"美妙绝伦，可你为什么要不停地打断我？"

"因为我喜欢看到你这样专注，我喜欢你严肃认真的样子。我依然无法相信你竟然和我在一起。我等不及让你躺到我的床上了——迫不及待。"

我又喝了几口酒，他又给我斟满。

在切肉的时候，我情不自禁地补充说："我们依然得搞清楚，曲谱为什么留在了这里？是谁带来的？什么时候？1944 年，一个犹太人带着曲谱到这里来显然很荒唐。事实上，这份谱子来到这里的方式或许能说明与此有关的一切问题，甚至比音乐本身更能说明问题。"

"这没有意义。这就好像是在说，一首著名诗歌的印刷方式远比诗歌本身重要！"

"在某些情况下，可能就是这样。"

米歇尔迷茫地看着我，仿佛他从来没有用这么弯弯绕绕的方式思考过问题。

"是邮寄过来的吗？"我问，"是有人送过来，还是阿德里安自己去拿的？有第三方介入吗？是一个朋友，或者医院里的护士，还是集中营里的什么人？那可是1944年，德国人依然占领着法国，所以他有可能逃走了，也可能被俘了。如果他在集中营，那又是哪个集中营呢？他一直在东躲西藏吗？他得救了吗？"

我又更深入地想了想。

"有两件事可能会告诉我们更多信息，而这两点我们都错过了。为什么作曲者要自己画线？为什么音符会这样挤在一起？"

"这又为何如此重要呢？"

"因为我的直觉告诉我，或许这些音符根本就不是在仓皇之中草草写下的。"我再一次快速翻阅了一下这些曲谱，"注意，这上面连一个划痕都没有，没有一个音符被划掉，作曲家在作曲的时候很可能改变想法，然后划掉之前写的东西。这些音符是抄录的，而且是在一个不可能弄到五线谱，甚至连普通的纸张也很难搞到的地方。这些音符写得那么拥挤——他似乎很怕把纸给用光了。"

我举起第一张谱子，对着餐桌正中的烛光。

"你在干什么？"他问。

"找水印。水印可以告诉我们不少信息——这张纸是在哪里生产的，在法国的什么地方，也可能是别的地方，如果你明白我的意思。"

米歇尔看着我："我明白你的意思。"

不幸的是，纸上并没有水印。"我唯一能推断出的就是，这是非常便宜的葱皮纸，所以，这个华彩乐段的作者早就知道这些主旋律，然后把那些音符精炼成这样的形式。他希望你父亲收下这个华彩乐段。这就是我们知道的全部了。"

"不，我们还知道更多东西。父亲彻底放弃了钢琴，开始学习法律，音乐世界的大门彻底对他关闭。要说这和里昂没有一丁点关系，我是无法相信的，因为有一件事我们是知道的，他保存着这个华彩乐段，仿佛这是他生命中最珍贵的物品，但是，他如果永远也不打算弹奏这段乐曲，又为何要把它保存下来呢，为何要把它锁在储物柜里那么多年——除非他保证过，只有里昂在场的时候才弹奏？又或者，他之所以保留这份谱子，是期待有什么人突然出现，来弹奏它？比如你，埃利奥！"

我明白他话里的意思，这话让我感觉良好，但我不打算表现出来。

"你觉得他是否想着要把谱子还给里昂，或者给某个对里昂来说非常亲近的人？又或者，他只是不知道该拿这东西怎么办，又不忍心扔掉？——比如你就一直保留着父亲的网球拍。"

"或许最最重要的是搞清楚里昂究竟是谁。"

吃完饭后，我用他的电脑键入了阿德里安的全名，不出几秒钟便看到了他就读于音乐学院时的那些过往记录，连照片都有。"衣冠楚楚，时髦讲究，"我说，"而且风流倜傥。"接着我搜索他就读之前、就读期间以及之后的教师名单。记录杂乱，零零散散，但是没有一个人叫里昂。我寻找听起来像犹太人、德国人或者斯拉夫人名字的发音，或者以字母 L 开头的名字，同样一无所获。我又开始寻找名叫里昂的学生，结果没有。要么就是他还有别的名字，要么就是他的名字被从学校记录上抹掉了，抑或是他压根就没念过音乐学院。"没有里昂。"最终我说。

"所以我们那一点点的侦探工作就此终结了。"

此时此刻，我们并肩坐在沙发上，靠得非常近，灯光昏暗，并且我们又喝了更多的苹果白兰地。

"或许你父亲是师从阿尔弗雷德·科尔托，我怀疑里昂也是。"

"为什么你会这么觉得？"

"科尔托是反犹主义者，在德占时期尤其如此。我相信科尔托非常熟悉的小提琴手蒂博为元首演奏过。"

"可怕的时代。"

"还有更多想法吗？"他问。

"为什么这么问？"

他轻轻地摇摇头："没有理由，我只是喜欢像这样和你一起待着。当你摆弄电脑的时候，我们就用惯常的方式说话，在深夜，在这个房间里，坐在这张沙发上，黏在一起，在外面到处闲逛的时候也是，现在还是十一月。你如此兴致盎然，我特别喜欢。"

"我也很喜欢，非常喜欢。"

"但你还是不相信命运。"

"我告诉过你了，我不用那样的方式思考问题。"

"那，或许等你到了我这个年纪，等到生活中稀有之物的缺乏越来越明显之时，或许你就能渐渐注意到那些微小的、最终变成奇迹的巧合，而这奇迹能够改变我们的人生，在了不起的人生蓝图里，许多本可能丧失意义的事情顷刻被炫目的光芒笼罩。这并非没有意义。"

"今天晚上就已经非常美妙了。"

"没错，确实非常美妙。"但他的语气中有一种颇为恋旧的顺从，近乎忧伤，仿佛我是一道菜肴，而他还没能盛满就眼睁睁地看着别人把它挪走了。当一个人的年纪接近另一个人的两倍时，是否就会出现这种情况呢：他还没来得及往别处看一眼，就开始失去生命中的一个又一个人。

我们就这样坐着，不发一语。我给了他一个拥抱，至少我认为是个拥抱，而他回馈给我的则是一个真正的、悲伤的、饥渴的拥抱，充满了感官上的绝望。

"怎么了？"我问道，但还是不想听他的答案，我已经猜到了那个答案是什么。

"没事，不过这就是最可怕的地方——如果你能明白我的意思，就是因为没有发生什么事儿。"

"再给我一点苹果白兰地。"

他很开心地效劳了。他站起来，走到一个音响后面的小储物柜旁，又拿出一瓶酒来："这瓶品质好得多。"

他知道我换了话题。我希望有什么契机出现，能够拨开我们之间突如其来的浓云，但是没有任何契机，他和我都没有尝试消除这团乌云，或许是因为我们都不确定这片密云背后究竟潜伏着什么，所以他开始给我介绍苹果白兰地，讲这种酒的历史。我默默聆听，仔细看瓶子标签上的迷你手绘图，图画讲述了生产这种酒的酒庄历史。就在这时他灵光一闪，说出一句话来："我想让你开心。"这已然成为我们之间的名言，我完全知道他是什么意思。"所以，继续看标签吧，我可不想分散你的注意力。我甚至不想让你看我。"

他拿起盛了苹果酒的玻璃杯，抿了一口，而后我就感觉到了，感觉到他的嘴巴，感觉到轻微的刺痛。"我喜欢你正在做的事。"我说着闭上眼睛，试着把瓶子放到什么地方，最终决定把它放在地毯上，就放在沙发腿边上。

我想起房子里的女佣。

"已经走了，你没听到她车子的引擎声吗？"

我们在这栋房子里度过了星期天。按照米歇尔的回忆，星期天似乎总会下雨，而我们打算去远处的小树林里散个步，但那里会逐渐变得更加阴沉黑暗。那天快晌午时，我练习了几个小时钢琴，而他则翻阅了从办公室拿来的文件，但是我们俩的动作基本都有些敷衍，最终，当其他人得体地提议说，赶在巴黎的周末返程高峰前返回巴黎或许比较好时，我们俩都如释重负。驱车接近市区时出现了一个略显尴尬的瞬间，很显然，他打算先将我送到我住的地方——而他之所以打算这么做，要么是因为他不希望我感到被动，好像他要强迫我直接去他家，要么就是因为他认定我在晚上的音乐会之前还有别的安排。又或者，我思忖，他需要一些独处的时间。总而言之，他有在星期日返回巴黎的习惯，不知道是不是多年来一直如此，并且不愿改变。这是他第二次将车停在我的公寓楼入口前，他没有关掉引擎。我是注定要下车了，我也确实这样做了。"一会儿见。"我说，他默默点点头，又是那种满腹思虑的点头。随后，我又轻松找回了勇气："我不需要回家，我也不想回家。""上车来。"他说，"我太爱你了，埃利奥，我太爱你了。"我们径直去了他家。我们亲热，甚至小睡了一会儿，而后匆匆赶往音乐会，接着是幕间休息的苹果酒，而后是三道菜的晚餐，吃饭时他握住我的手。"明天是星期一，"他说，"上一个星期一真是令人痛苦至极。"为何，我问，但我已经知晓他的回答。"因为我觉得我会失去你——为什么会这么想呢，因为我怕你会说不，所以我努力避免表现出一副堕落的样子。"

他盯着我看了一会儿："你今晚要回家吗？"

"你想让我回家吗？"

"我们要假装是在今晚相遇，然后不要推着你的自行车一直走，

202

你要说：'我要和你上床，米歇尔。'你愿意这样说吗？"

"我差点就要这么说了，但是不！你，先生，必须得走开！"

星期一早上，我决定打辆车，直接回家换衣服。公寓在我眼中突然间有些陌生，仿佛我已经有几个星期，甚至几个月没有回来过。上次在这里目睹天光亮起是星期六早上，我冲到楼上，带了几件换洗衣服，又狂奔下楼，回到等在楼下的他身边。那天下午上完课后，我直接去了音乐学院的办公室，看看能否找到里昂的蛛丝马迹。

那天晚上，我和米歇尔在老地方碰面时，我告诉他线索完全断了，到处都找不到里昂的蛛丝马迹。我没想到他会这么失望，所以星期二的时候我又想出了一个办法。我试着找了两所音乐学校，查找了它们的年度记录，但还是一无所获。

我们各自提出了一些合理的假设，里昂要么是出国留学了，要么就像二十世纪早期那些富裕的犹太人一样，是跟着家教学习音乐的。

又这样过了两天，我毫无头绪。

然而，星期五，我终于在中学记录里确认了里昂的身份，正是在米歇尔和他父亲念的学校，我宣称自己是米歇尔的侄子，于是学校的干事就当着我的面查阅了记录。那一天，在去往乡下的车上，我憋不住，将这个消息告诉了他："我甚至弄到了他以前的地址。他的姓氏是德尚，但唯一的问题是，德尚根本不是犹太人的姓氏。"

"有没有可能是别人起的，或者他变更了姓名？想想费尔德曼、费尔德斯坦因、菲尔德布拉姆，还有菲尔德。"

"有可能，但是互联网上有数不尽的里昂·德尚，假设他们全都活着，或者说仍然生活在法国，光是查找工作就得进行几个月。"

他似乎有些困惑。我忍不住想，他自己为什么没能想到学校这层关联呢。最终，我问他，为什么这么多年过去了，他还在找里昂。

"和父亲有关的一些事我永远无从得知，但寻找里昂或许能让我略知一二，我也很好奇里昂是何时消失不见，又是怎样消失不见的。"

"但是为什么？"

"我不知道为什么。或许这只是接触父亲的一种方式，去了解他究竟是为了什么不再继续从事自己最热爱的事业，去理解他对里昂的友情或者爱意，如果那是爱或者友情的话。这是父亲从未提及的方面，然而在我十八岁的时候，他原本可以坦然、轻松地告诉我。又或者，我和自己的儿子其实没什么两样，也一直试图与父亲保持一定的距离。又或者，我没能抽出时间来了解那个放弃了音乐事业的男人，所以现在想要弥补吧。可是我们当中又有多少人真正抽出过时间，去了解我们的父母究竟是怎样的人？有些人我们自以为很了解，仅仅因为那是我们爱的人，可他们的内心又有多少层层递进的深渊呢？"

"不管怎样，"我打断了他，说道，"我在年度班级合照中找到了里昂的照片。这儿，看一眼吧。"我拿出了当天在学校办公室翻拍的照片，"他非常英俊，看起来很像个天主教徒，非常保守。"

"确实，非常英俊。"米歇尔说。

"那么现在，你和我所想的是一样的吗？"我问。

"我当然和你想着一样的事。我们一直都是这样想的，不是吗？"

到达目的地后，他放下包，与厨师打招呼，之后径直去了客厅。落地窗旁放着一张小桌，他打开窄窄的抽屉，拿出一个巨大的信封。"看一眼。"他说。

那是一张放大的老照片，是班级合照，比我翻拍的那张照片还要早一两年。他用小手指指出阿德里安，这张照片里的阿德里安显得更年轻一些。我们都在找里昂。

"找到他了吗？"他问。我摇摇头，但紧接着里昂就映入眼帘，他就站在阿德里安旁边。我那张照片里的脸与这张班级旧照上的脸惊人地相似。"所以你一直都知道！"我震惊道。

他笑着点点头，笑容中含着羞愧，但又有点欣喜："我知道这张照片，但我需要别人来确认。"

我思考了一下。

"所以上个星期你才带我过来？"

"我就知道你会这么问，答案是，不。我有另一个理由，我确定你已经猜到了。我想把曲谱给你。把它交给你，而不是交给别人，我就圆满完成了父亲最后的心愿。我唯一的要求，就是你在某场音乐会上弹奏它。"

沉重的沉默笼罩了我们。我想反对，想说出那些被赠予了昂贵礼物的人应该说的话：我不能接受——这也同样表示我配不上这样一份礼物。但我深知，这么说会冒犯他。

"我还是觉得我们的探索过程未免太过顺利,也太轻松了。"我说,"我有些不太相信,我们还是不要这么快下结论为好。"

"为什么不可以？"

"因为，这是一个来自J中学的天主教徒，年轻、富有，他的父母很可能定期对法兰西行动进行捐赠，那他为什么想接触《柯尔·尼德拉》呢？我依然想不出一个理由来。"

"所以你要说的是？"

"我们要找的里昂可能并不是里昂·德尚。"

我不愿放过任何蛛丝马迹，所以接下来的一周我都在寻找线索。

死胡同越来越多，还有新的错误出现，但紧接着，星期六下午，在他的乡村宅邸中，我忽然灵光一闪。

"我心里一直在犯嘀咕。首先，你父亲坚持要在星期天参加右岸圣徒大教堂的音乐会。有没有可能，这座教堂与里昂有什么隐秘关联？或许教堂本身也和弗洛里安四重奏有关联。我知道弗洛里安乐团已经在这个教堂演出多年，你亲口告诉我，你的父亲资助他们的音乐会，所以我在网上查了一下他们，最终发现，如我所料，弗洛里安这个组合不止更替过一两次，而是更新过三次。弗洛里安乐团成立于二十世纪二十年代中期，不是四重奏，而是三重奏——小提琴、大提琴和钢琴。现在要说的部分将向你证明我真是个天才。三重奏的钢琴家不是里昂·德尚，正如我们两个所想，而是一个参与了三重奏十年之久，既弹钢琴也拉小提琴的人，他的名字是阿里埃勒·瓦尔德施泰因，所以我查了一下阿里埃勒·瓦尔德施泰因，可以确定他是个犹太钢琴家，他不只是死在了集中营这么简单，他是被殴打致死的，因为他有一把阿玛蒂小提琴，并且拒绝同自己的小提琴分开。那时他六十二岁。"

"可阿里埃勒并不是里昂啊。"米歇尔疑惑道。

"今天早上我解开了这个谜团——我也不知道怎么办到的。在希伯来语中阿里埃勒的意思是'神狮'，总之就是里昂[1]。许多犹太人都有希伯来语和拉丁语名字。在二十世纪二十年代，小提琴手的名字一直都是阿里埃勒，二十世纪三十年代早期他成了里昂，很可能是因为日渐抬头的反犹主义。要找到更多关于他的信息，最简单的方法就是去耶路撒冷的犹太人大屠杀纪念馆。"

我觉得此处我需要做一点补充，对阿里埃勒·瓦尔德施泰因的身世进行这样的深挖与探究，似乎同时引出了一个话题，乍看可能无关紧要，但我却很清楚，它们是有潜在关联的，这一次探索关系到时光的飞逝，让我们重新认知我们挚爱一生的人。我甚至能预感到这次探索会导向何方，已不太想再进一步挖掘，因为我有点担心，米歇尔已经开始往那个方向想了。他并没有明确提出，我也没有，但我敢肯定，他脑中一定闪现过这个念头。

---

1 "Lion"（狮子）与"Léon"（里昂）发音相似。

星期天早上我们一起洗了澡，之后出去散了散步。我们是从后门出去的，之前我没见过这扇门。村子里的每个人似乎都认识米歇尔先生，一路上问候声不绝于耳。他带我去了街角的一家咖啡馆，看起来不太起眼，但一迈进去就能立刻感受到温暖和安全感。咖啡馆里人头攒动，大家都把小车或卡车停在门口，在重新上路前来喝点热饮。我们要了两杯咖啡和两个牛角面包。三个二十八九岁的女孩就坐在我们旁边，基本都在抱怨各自生命里的男人。米歇尔偷听她们说话，面露微笑，冲我眨眼，我太喜欢他这样做了。"男人真是糟糕。"他对其中一个女孩说。"简直太可怕了。你们这些男人每天早上都是怎么面对自己的，我真是无法想象。""不太轻松，但是我们会尽力。"米歇尔说。大家哄堂大笑。无意中听到这番对话的服务生说女人比男人强多了，他的妻子就是全世界最完美的人。"为什么呢？"有个女孩问道，她一直都在做点烟的动作，却是为了拖延着不点烟。"为什么？因为她让我成为更好的自己。我跟你说，要改变我这个人，那只有圣人才能做到。""那她就是个圣人咯？""也没有那么夸张，谁希望床上有个圣人？"所有人都哈哈大笑。

　　喝完咖啡，米歇尔在桌子下方舒展双腿，仿佛对早餐格外满意。"再来一杯？"他问。我点点头。米歇尔又要了两杯咖啡。我们没有说话。"三周。"最终他说，可能是为了填补我们之间的沉默。我重复了一遍他的话，而后，情不知所起，他伸出手来，握住了我的手。我任由他握着我的手，略感尴尬，因为旁边的吧台边挤满了人。他显然感觉到了我的不安，于是松开了手。"今晚他们会再次演奏贝多芬的作品。"他这么说仿佛是为了暗示我一起去参加音乐会。

"我以为我们已经约好了。"

"这个嘛，我只是不想自说自话。"他说。

"打住！"

"我忍不住。"

"但是为什么呢？"

"因为那个十几岁的年轻人依然在我心里徘徊不去，时不时就说出些什么来，然后又低下头，马上躲藏起来。因为他很怕开口提要求，因为他觉得你肯定会嘲笑他的要求，因为，就连信任他人也很难做到。我很害羞，很害怕，而且我老了。"

"别这样想。我们今天基本解开了一个谜题。我们要做的，就是今晚去问一下大提琴手，他是否还记得阿里埃勒。也许他并不记得，但不管怎么样，我们都要问一下。"

"问了就能把我的父亲找回来吗？"

"不能，但或许能让他开心，也会让你开心。"

他考虑了一下我说的话，而后像先前一样摇了摇头，摆出一副顺从且善解人意的样子，而后，仿佛他已然跃过了我们之间所有心照不宣的话题，他说："你能向我承诺演奏这个华彩乐段吗——在不久之后的某一天，我希望你能弹奏。"

"春季去美国巡演的时候我会弹的，秋天回到巴黎的时候我也会弹的，我保证。"我看出他有些犹豫，并且马上明白他为何如此。是时候告诉他了。

"在美国，我打算顺道造访某个多年未见的故人。"

我一动不动地盯着他，看他细细琢磨这件事。

"所以你就是要独自旅行咯？"

我点点头。

再一次，我看着他斟酌我的话语。

"形婚的那个人？"最终他问。

我点点头。我很喜欢他这一点，他将我看得如此透彻，虽然我也害怕他看透的那一切。"和你在一起让我想起他来，"我说，"如果见到他，我想做的第一件事就是告诉他你的存在。"

"告诉他什么？我还远远达不到那种标准吗？"

"没有这种事，你和他就是标准本身。在我的心中，也只有你们两个如此，其他人都如露如雾。你给予我的这些天，完全填补了没有他在身边的这些年。"

我看着他，这一次是我伸出手去，握住了他的手。

"走一走？"我问。

"走一走。"

我们站起来，他建议回头穿过树林，去湖边。

"我认为我们应当做的，是找出阿里埃勒·瓦尔德施泰因究竟是何许人也。也许这里有了解他的人呢。"

"也许，可是他去世的时候已经六十二岁，那他还在世的亲人肯定相当年迈。"

"所以那个时候，阿里埃勒的年纪可能是你父亲的两倍。"

他忽然看向我，微微一笑。

"你可真是狡猾！"

"我很想了解他们俩。或许最终，只有这样才能给我们的一番探究画上句号。"

"你是说，我们？"

"有可能。如果教堂有记录的话，我们就能知道，甚至还可以试着找到阿里埃勒的住址，在那种很老的电话号码簿黄页里有可能找到。我们如果找到那栋楼，应该做的就是用他的名字铺设一块'绊脚石'[1]。"

"可是，如果他没有后代呢？如果线索到他那里就中断了呢？如果没有和他有关的痕迹呢？如果找不出更多信息了呢？"

"那我们就将做成一件大好事。那块'绊脚石'将纪念所有死于非命之人，那些人在进入毒气室前连一句警告、情话甚至自己的名字都无法传递出来，只留下一份希伯来语祈祷文的乐谱。你的家族中有

---

1 戴姆尼是一名德国艺术家，为了悼念遭受迫害的犹太人，他设计了由黄铜制成的"绊脚石"(Stolperstein)，"绊脚石"高于地面，引起行人的注意。他曾说："那些受迫害的犹太人的名字应该出现在他们曾经居住的地方。"

人死于大屠杀吗？"

"你知道我舅公的事情。我觉得我的曾祖母也是死在奥斯维辛，但我并不确定。你死去了，无人再提起你，在你朦朦胧胧知道有这么个事之前，没人问，没人说，甚至没有人知道，也没有人想知道。你已经不存在了，你从未活过，从未爱过。时间从不投射阴影，回忆也从不掉落尘埃。"

我想到了阿里埃勒。这份曲谱是他给一个年轻钢琴家的情书，是他的秘密信函。为我弹奏它。为我念诵祷文。还记得曲调吗？就藏在其中，在贝多芬的旋律之下，与莫扎特比肩，找到我。谁又知道这个犹太人里昂是在怎样的糟糕条件下书写了属于自己的华彩乐段呢，他只是为了说出，我在想着你，我爱你，弹奏吧。

我又想到了年迈的阿里埃勒，尽管知道自己不受欢迎，却还是造访了阿德里安的家。阿里埃勒在寻求避难所，却被赶了出来，更有甚者，可能是被阿德里安的父母甚至家中的用人告发，父母很可能为这样做而感到骄傲。我想象着阿里埃勒打算逃到葡萄牙，或者英国，或者更糟糕的是，在那几次最可怕的突击检查中，他被法兰西民兵逮捕，那时候，他们三更半夜将犹太人从家里赶出来，无论老少，一律押上运输卡车。而后，阿里埃勒在某处拿起笔，阿里埃勒在运送牲畜的拖车里，最终阿里埃勒被殴打致死，因为不愿同自己的小提琴分开，而那把小提琴，现在很可能就安放在一个德国人的家里，这家人恐怕都不知道这个乐器的所有者死在了集中营里，而小提琴是打劫的罪证。

有没有可能，米歇尔的父亲因未能拯救阿里埃勒而想要弥补罪过？因为我不能为你和你所钟爱的乐器提供庇护，所以我再也不会弹钢琴。抑或：因为他们对你做的那些事，音乐在我心中已经死去。我几乎能听到老先生恳求：可你必须要弹奏，为了我的爱，永远不要停下，弹这个曲子吧。

我又一次想到了自己的人生。是否会有那么一天，有人给我寄来一个华彩乐段，说：我要走了，请你找到我，为我演奏好吗？

"那段犹太祷文叫什么？"

"《柯尔·尼德拉》。"

"是为逝者念诵的吗？"

"不，为逝者念诵的祷文是《卡迪什》。"

"你知道那段祷文吗？"

"每一个犹太男孩都要学习。在我们明白死亡为何物之前，就已经学会为逝去的亲友念诵这段祷文了。讽刺的是，《卡迪什》是唯一不能用在自己身上的祷文。"

"为什么呢？"

"因为你不可能在念诵这段祷文的同时又是个死者。"

"你这个人！"

我们双双大笑，而后我思索了片刻："你知道的，其实很有可能，整个里昂-阿里埃勒的故事都是编造出来的。"

"没错，即便如此，那也是属于我们的故事。我很清楚今天晚上我们要做些什么。我们要回到城里，我会像我的父亲一样，而你就像那些年里年轻的我，又或者你会是我素未谋面的儿子，我们并肩而坐，听弗洛里安四重奏演奏。或许我父亲也曾拥有这样的岁月，当他和你一样大，而我和里昂一样大时。你知道的，日光之下并无新事。生活用一种非常难以理解的方式来提醒我们，即使没有上帝，命运在出牌时也会闪过往昔的光彩。它并没有发给我们五十二张牌，它只给我们发了，比方说，四五张牌，而这几张牌恰好和我们的父母、祖父母、曾祖父母打出的牌一模一样。这些牌一张张磨损弯折。出牌的顺序有限——某些时刻牌面还会自我重复，很少顺序相同，但又总异乎寻常地相似。有时候呢，最后一张牌甚至不是生命走到尽头的那个人打出来的。走到生命尽头时，我们的内心固然有坚定不移的信仰，但命运并不总是尊重这份信仰，它会把你手中的最后一张牌发给后来者，所以我才觉得所有生命无不步履维艰，并且都不曾走完自己的人生路。这令人愤怒的真相将伴随我们一生。我们抵达终点，却没有走完自己的人生路，生命转瞬即逝！我们还有刚刚着手的计划，尚未克服的难题，一切都悬而未决。活着便意味着要抱憾而终。正如法国诗歌所说，Le temps d'apprendre à vivre il est déjà trop tard，在我们学会如何生活时，一切已经太迟。命运将我们每个人都放在了一个位置上，让我们去走完他人的人生路，去合上他们摊开的账簿，为他们打出最后一张牌，你会发现，在这个过程中势必有一些微小的乐趣。还有什么比知道要依靠别人来走完我们的人生路，来为我们的生命画上句号更令人欣慰呢？那是我们所爱的人，也是深爱我们的人。就我而言，我希望那个人就是你，即便那时我们已经不在一起。这就好像，我已经知道谁将会是帮我合上双眼的人。我希望那个人是你，埃利奥。"

在听米歇尔说话时，有那么一瞬间，我想到，在这个星球上，我希望能帮我合上双眼的人，只有一个。那个已经多年未和我说过一个字的男人，我希望他能穿越整个地球，将手掌覆盖在我的眼睛上，正如我也会将我的手掌覆上他的双眼。

"所以，"米歇尔说，"我们要去见弗洛里安四重奏里最年长的成员，就是三个星期前你最热衷的那一位，我们要问问他是否还记得。但是在那之前，休息的时候，我们要从老修女那里买热热的苹果酒，或许还可以再假装不认识彼此，约定在音乐会后见面，彼此心里都很清楚，之后我们会出去吃点东西。"

"上帝啊，我绝对告诉过你我有多想让你抱住我，开口要我跟你回家吧？我几乎都要说点什么了，但我忍住了。"

"或许那天晚上就是不可能。"他面露微笑。

"或许吧。"

他系围巾的时候看着我。"你冷吗？"他问。

"有点。"我说。我看得出来他有点担心我，但不想表现出来。"想回家去吗？"

我摇摇头："我紧张的时候就会冷。"

"你为什么紧张？"

"我不希望这一切结束。"

"为什么非要结束呢？"

"没有理由。"

"你是我此生差点被骗走的一张牌。到今晚就是三周了，而你我之间一不小心就可能擦身而过，不会有这三周的种种。我需要——"他说着说着就停下了。

"你需要？"

"我还需要再多一周，多一个月，多一季，甚至再多一重人生。给我一个冬天，等到春天来临，你将飞去巡演。在我们今天所揭开的层层面纱之下，我知道这世上有个人是为你而生的，而我不相信那个人是我。"

我什么也没说。他露出了忧愁的微笑。

"或许是那个形婚的人。"说罢他犹豫了片刻，我听出他嗓音发紧，"此生我唯一渴望的一件事，便是你能找到幸福，至于其他……"他说不下去了，摇了摇头，表示其余的都不重要。

我们俩都没有更多话要说。我抱住他，他也抱住我，他发现有一群鹅从头顶上空飞过，我们仍然拥抱着彼此。"看！"他说。我并没有松开抱住他的手。

"十一月。"我说。

"没错，不是冬天，不是秋天。我一直都很喜欢柯罗笔下十一月的乡村。"

第三章　随想曲

艾丽卡和保罗。

此前他们从未见过面，此刻却同时迈出同一部电梯。她穿了一双高跟鞋，他则穿了双船鞋。来到我这层时，他们发现，他们要去同一间公寓，而且认识同一个人，一个名叫克利夫的人，而我对这个人一无所知。不过他们是怎么说到克利夫的呢，我觉得很奇怪，但是，这个夜晚已然注定是个非常奇怪的夜晚，所以对任何事都不必大惊小怪，毕竟在我的告别派对上，我最渴望见到的两个人真的一起出现了。他和明显比他年长的男友一起，而她则和丈夫一起，可我还是无法相信，几个月以来，我一直都想更靠近这两个人，最终，在我在这个城市的最后时日里，他们都来到了我的屋檐下。还有许多人在场——可是谁又在乎其他客人呢：他的伴侣，她的丈夫，瑜伽教练，米可一直说我一定要见见的朋友，我在第三帝国[1]犹太侨民研讨会上结交的一对夫妇，神神道道的针灸师，我所在部门的逻辑学疯子和他疯疯癫癫的素食主义妻子，还有来自芒特西奈的乔杜里医生，人很可爱，高高兴兴地改造了一种用手拿着吃的食物，来招待客人。到了某一刻，我们打开普洛赛克起泡酒，所有人都为我们即将返回新罕布什尔举杯。说话声在业已空荡荡的公寓里回响，几个毕业生带着深情和幽默感来同我干杯，谴责我的离别，更多的客人来了又去。

但最重要的两个人留了下来。甚至有那么一个瞬间，宾客们在空荡荡的公寓里转来转去，她却去了阳台，我跟了出去，他也跟了出去，于是这两个人便手持香槟杯，靠在栏杆上，聊着这个名叫克利夫的男人，她在我左手边，他在我右手边，我把杯子放到地板上，伸手环住两人的腰，友好，随意，是完全可以接受的肢体接触，而后我抽回手臂，靠在栏杆上，我们三人肩并肩，一起凝望坠落的夕阳。

他们俩都没有从我身边走开，两个人都靠在我身上。我花了好几个月的时间才把他们带到这里来。这是属于我们的寂静时刻，在阳台上，在一个寻常而温暖的十一月中旬的傍晚，俯瞰整个哈得孙河。

在大学，他的部门和我的部门在同一层楼，但是我们彼此间并没有什么学术交流。根据他的外表，我猜测他要么是个在写学位论文的毕业生，要么就是个新来的博士后，也可能是刚刚获得终身教职的助

1　1933 年至 1945 年期间由纳粹党统治的德国。

218

理教授。我们走同一段楼梯，在同一个楼层，大型学院会议上偶尔不期而遇，更常相遇的地方是离百老汇两个街区远的那家星巴克，通常是在研究生研讨会开始前的傍晚。我们在街对面的沙拉吧里打过几次照面，而且吃完午饭后，在同一个洗手间刷牙时也难免要对彼此微笑。当我们俩拿着沾上牙膏的牙刷往男士洗手间走去时，脸上的笑容已经有了固定模式。我们似乎都不把牙膏管带到洗手间去。一天，他看着我，问道："艾科弗？"我说是。他怎么知道的？条纹，他回答。为了抓住他开口的机会，我问他用什么牌子的牙膏。"缅因汤姆。"我早该猜到的。他看起来就是会用缅因汤姆的那类人，很可能还会用汤姆的除臭剂、肥皂以及其他在健康食品商店才能找到的非主流产品。有时候，看着他将牙膏泡沫漱出来，我想知道，吃完沙拉之后，茴香在他尝来会是什么味道。

我们并没有刻意讨好彼此，可总有某种含蓄的感觉在我们之间盘旋。我们脆弱的浮桥建立在羞赧的午后客套话上，可是第二天早上浮桥被迅速拆卸，那时我俩碰巧走上同一段楼梯，却没有互相打招呼。我有所求，我猜他也一样，但我是否看清了形势呢，是否可以说点什么或者把事情往前推进一步呢，我始终不太确定。在我们那一次次简短的交流之中，有一次，我抓住机会告诉他我的学术休假即将结束，很快就要回到新罕布什尔。他说这个消息让他万分遗憾，他原本打算出席我的前苏格拉底学派哲学研讨会。"但是时间！"他说，"时间！"他叹了口气，脸上浮现出尴尬与愧疚交织的微笑。看来他了解过我的情况，知道我的前苏格拉底学派哲学研讨会。这是一种奉承。他一直在写一本关于苏联钢琴家萨穆伊尔·法因贝格的书，截稿日期就要到了。我以前从来没听说过法因贝格，我觉得这又让他的形象更加立体了，我真希望能有时间了解他这一面。如果他有时间，并且愿意来我们几乎已经搬空的公寓参加一场小小的告别会——剩下的家具绝不超过四把椅子，我说——我绝对举双手欢迎。他会来吗？绝对会去，他说。他答得如此不假思索，让我很难相信他。

　　而后还有艾丽卡。我们在同一个瑜伽班上课，有时候她会在早上六点就去，我也是；有时候我们俩又都去得很晚，要到下午六点钟才去。有些时候，我们甚至一天去两次，上午六点和下午六点各去一次，我们简直就像是一直在寻找对方，但我们也很清楚，不该期待一天见上两次。她喜欢待在属于她的固定角落，我总在距离她三十厘米处摊开瑜伽垫。即便她人不在，我也喜欢把瑜伽垫放在离墙一米远的地方。一开始是因为我很喜欢那个据点，后来呢，我找到了一些帮她占位置的微妙方法，就更不愿换地方了，但我们俩去得都不太规律，所以这么长时间以来我们的交流不过就是匆匆点个头。有时候我已经躺了下来，闭上双眼，却倏忽听见有人在我旁边放下了瑜伽垫。不用看也知道是谁。甚至在她光脚走近我们的狭小角落时，我也能辨认出她小心翼翼、略带羞怯的动作，辨认出她的呼吸声，还有她躺下后清理喉咙的声音。她毫不掩饰看到我时惊讶但开心的样子。我更谨慎一点，会假装愣了一下，露出一副"哦，是你啊"的表情。我不想表现得那么明显，无论何时，当我们在瑜伽教室外碰见——比如脱掉鞋子等前一批人腾出位子时，我们只会敷衍地交谈三两句，我不想让人觉得，除此之外，我还想同她有进一步接触。每当我们讨论自己在课堂上的平庸表现，或者抱怨差劲的代课老师，又或者因为收到风暴预警而连连叹气，祝福彼此有个愉快的周末时，我们总是显得冠冕堂皇，但又有那么一丝滑稽。我们俩都很清楚，这些对话不会跑偏，但我确实喜欢她纤细的双足，喜欢她夏日里晒成棕色的光滑肩膀，皮肤泛着光泽，仿佛上周末残余的防晒霜气味还不愿消失。我最喜欢的是她的额头，她的额头不是很平坦，但很饱满，透露出一些幽深的心思，我虽然难以描述，却很想弄得更清楚一些，因为，她每一次面露微笑时，脸上都会浮现出回想的神情，并且充满了戏谑的意味。她穿紧身衣，露出洁净的小腿，若我允许自己的想象力自由驰骋，那很容易就能想象她的双腿向上九十度，摆出倒箭式，脚后跟敲在我胸口，脚趾触及我的肩膀，脚踝握在我手中，然后我跪在地上，面对她，如若她蜷起双腿，渐渐将双膝卡在我的腰侧；我唯一渴望的便是听到她的喘息和一声呻吟，从而知道，我所渴望的关系远不只是瑜伽伙伴。

　　我一直在考虑邀请我们的瑜伽老师参加告别之夜，我说，她和丈夫愿意加入吗？那就太好了，她说。

　　于是他们俩就双双来到了这里。这个十一月很暖，落地窗敞开着，来自河上的微风不停拂过房间，烛光在窗台上摇曳，我们所有人都觉得自己身处电影之中，正享受一个极度快乐的星期六夜晚，每件事都恰到好处。我唯一要做的就是为大家做介绍，提出问题，这我驾轻就熟，所以问出的问题没有一个是那种陈腐、老套、重复了一万遍的主人式提问。若我感觉到话题枯竭，没关系：你怎么看这部电影的最后一幕？你怎么看那两个年老的演员？比起导演的前一部影片，这部你也同样喜欢吗？我发现我喜欢那些突然以歌曲结束的电影，你呢？

这是我的告别派对，但我依然是这个夜晚的主人。我要确保普洛赛克起泡酒供应充足，确保人人都很放松。这两个人靠墙站着，交谈，我时不时加入他们，觉得我们三人就像散伙的乐队又凑在了一起，从方方面面都看得出，我们都很放松。哪怕人人都离开了房间，我们也不会注意到，还会继续聊这本书或者那本书，这部电影或者那出戏，每一个话题都不会引起争议，顺利转入下一个话题。

他们也会问我问题——关于我的，关于彼此的，还有一两次转向了厨房边靠近我们的其他人，把他们一起拉入对话。我们开怀大笑，我拉住他们的手，我知道他们都很高兴我这样做，他们也轻轻握了握我的手作为回应，并不是松松一握，也不是仅仅出于礼貌的回应。在某些时刻，他，之后是她，摩挲我的后背，动作柔和，仿佛他们也很喜欢我毛衣的触感，想要再感受一下。那是个令人惊奇的夜晚，我们一直在喝酒，手机一次也没响，乔杜里医生的甜点很快就会出炉。派对预计在八点半钟结束，但一下子就超时了，而且没人表现出想要离开的样子。

偶尔我偷偷瞄米可一眼，意思是你那边情况还好吧？回答是一个仓促的点头，意思是很好——你那边也都还好吧？这边好得不能再好了，我会这样回答。我们是个完美的团队，因此我们才能在一起。我心想，这就是为什么，我们一直都知道，我们就是一对模范夫妻。团队协作，没错，有时候还需要激情。

这两个人是怎么回事？她满腹疑惑地歪过头，将疑问传递给我，表示这两位客人她此前从未见过。晚点告诉你，我也无声地回答她。她一副半信半疑的样子。我知道那副让人扫兴的表情意味着，你没干好事。

这两个人都极富幽默感，常常捧腹大笑，有时候是笑话我，因为人人都知道的事情我的信息库里却还没有，但我让他们尽情取乐。

在某些时刻，艾丽卡打断我，低声说："现在别看，但你妻子的一个朋友一直在盯着我们。"

"她对大学的一份工作有兴趣，所以我才一直回避她。"

"不感兴趣？"他问，语气里有那么一点揶揄。

"或者还没被说服？"她也加入了。

"印象不够深刻。"我回答，"我想说的是，不够有吸引力。"

"可她很漂亮。"艾丽卡说。我满脸嘲弄地笑着摇头。

"安静！她知道我们在聊她。"

我们三个人全都害羞地挪开目光。"对了，她叫克伦。"我补充道。

"不是克伦，是凯伦。"他说。

"我听的是克伦。"

"事实上，她说的确实是克伦。"我的瑜伽搭档说。

"那是因为她说密歇根人的话。"

"你是说密歇根方言？"

"听着有点精神失常。"

我们哈哈大笑起来，似乎完全无法自控。

"我们一直被人盯着看。"他说。

我们还在努力压抑笑声，我的思绪却已经跑在了前头。无论情况如何，我都希望他们进入我的生命。我现在就想要他们，还有他的男友，她的丈夫，无论什么都好，带着他们刚出生的孩子或者收养的孩子，如果他们有的话。我会欢迎他们的到来，若他们要走，我也放手相送，只要他们出现在我单调、无聊、日复一日的新罕布什尔生活中就好。

万一艾丽卡和保罗以某种始料未及的方式喜欢上彼此，那该怎么办呢——或许这一点也不算始料未及吧？

我甚至有可能因此感受到某种间接的刺激。这种冲动接受所有现金，间接感受到的愉悦有一种场外交易的汇率，这种汇率足够可靠，可以当作是真实的。没有人因为借了别人的愉悦而破产，我们只有在不想要任何人的时候才会破产。"你觉得她有可能让什么人开心吗？"我的调侃对象是妻子的那位朋友，但我并不知道为什么要问这个问题。"像你这样的男人？"他马上接过话茬，仿佛已经准备好快速射出一支飞镖，与此同时，她则和他一样，露出了狡黠而心照不宣的微笑，让我知道，她可能已经读出了我这个问题的弦外之音。两人似乎都同意我不是那种容易取悦的人。"如果你们知道我想要的东西有多简单，就不会这么说了。""比如说？"她问道，非常突然，仿佛想要证明我是在胡扯或者说谎。"我能说出两个例子来。""那就说出来。"她马上说，当场挑战我，完全没有意识到自己说得太过仓促，而我的回答已经悬在舌尖，恐怕不是她所期待的答案。他注意到了我的犹豫，说："或许他并不想回答。""或许我想。"我说。她的嘴唇微微颤抖，又一次露出略显悲伤的微笑。"或许不想。"所以现在她明白了，她肯定明白了。看得出来，我让她紧张了，但是，根据以往的经验，我知道，在这一刻，这个大胆的问题要么必须问出来，要么提都不必提，因为答案一定是肯定的，可是她紧张了。"不管怎么说，我们的绝大多数渴望都是幻想出来的，不是吗？"我说道，再次试图缓和我刚刚说的话，想给她一个台阶下，万一她确实想找个台阶而不得呢，"我们最深沉的那些欲望，未能实现时比实现后更有意义——你们不这么觉得吗？"

"我觉得我从来没有等过那么长时间，来明白延迟满足究竟是什么。"他哈哈大笑起来。

"我有过。"她说。

我看着他们，他们也看着我。我喜欢像现在这样的尴尬时刻。有时候，我唯一需要的只是把他们拉出来，而不是急着防微杜渐，但紧张的气氛渐渐升级，她犹豫着要不要说些什么，什么都好，这种举动也让我知道，她确实清楚我没有说出口的话。"我很肯定一定曾有什么人狠狠伤害过你，或者给你留下过伤疤。"

"确实有。"我回答，"有些人把我们抛下，让我们停滞不前，伤痕累累。"我思索了片刻，"就我的经历而言，我是抛下别人的那个人，同时我也是那个始终未曾痊愈的人。"

"那她呢？"

我犹豫了片刻。"是他。"我纠正道。

"在哪里？"

"意大利。"

"意大利，当然了。那里的人行事与众不同。"她很聪明，我心想。

艾丽卡和保罗在一起。

所以，他们确实相处融洽。我让他们继续交谈，自己则去了其他客人身边。我甚至还和米可的朋友开了个玩笑，除了有块胎记之外，这位朋友还算是非常漂亮的，并且说话诙谐刻薄，让我知道她是个极有抱负的批评家，很有天赋，聪颖睿智。

在转瞬即逝的某个片刻，我的思绪回到了上个学年的每一个周末，大学里的朋友会来参加我们习惯性举办的非正式星期日晚餐会。我们的菜有传统的鸡肉派、乳蛋饼——都已经买了回来，随时准备加热——外加我那风格鲜明的卷心菜沙拉，里面有各种各样的材料。总有人买奶酪来，还有人带来甜品，还会有许许多多的酒和上好的面包。

我们会畅聊希腊三列桨座式战船、希腊火、荷马式比喻和现代作家笔下的希腊修辞手法。我将会失去所有这些，失去不知不觉形成的微不足道的纽约传统，当我身在他方时，我将学着去怀念这些。我会失去我的同事和新朋友，更别提他们俩了，尤其是现在，我们在瑜伽馆和学院之外开始互相了解。

此时此刻，我环顾四周，发现这地方空空荡荡，如同去年八月我和米可搬进来时一样。一张桌子，四把椅子，一些饱经风霜的折叠式躺椅，一个餐具柜，空空如也的书架，凹陷的沙发，一张床，衣柜里挂着不计其数的衣服架，宛如挂满双翼张开的鸟类标本，孤独的大钢琴，我和米可都不曾碰过，上面堆满了戏单，我们一直保证说要把它们带回新罕布什尔，但心里很清楚，我们绝不会这样做。其他东西都已经打包完毕，在运输途中。学校将我们的居留时间延长至十一月中旬，那时下一个房客便会搬进来，也是古典文学系的。我和梅纳德一起念的研究生，也已经给他写好了欢迎留言。烘干机太费时，无线网络不稳定。我从不羡慕他，但此时此刻，我却宁愿同他交换。

最终，在我的预料之中，这两个人又开始聊起那个名叫克利夫的记者，他们俩都不记得他的姓氏了。保罗穿着一件褪色发白的短袖亚麻衬衫，胸口的纽扣敞开着。当他抬起手肘，搔着头回忆克利夫的姓氏时，我能够顺着他的皮肤一直看到他腋下那一小撮毛发。他很可能刮过腋毛，我心想。我喜欢他闪闪发亮的手腕——晒成了深深的褐色。

我都能预料到，之后的整个晚上，我都会一心一意地等候时机，看他下一次努力回想某人名字时抬起手臂来搔头的样子。

我发现他时不时和房间另一头的男朋友匆匆交换一个复杂的眼神。有所密谋，并且团结——他们寻找彼此的模样带着一种莫名的甜蜜。

她来的时候穿着一件宽松的天蓝色长袖衬衫。我无法一直盯着她的胸部，因为胸部的轮廓非常不明显，很难引人遐想，但我知道，每次我看向她胸口的时候她都注意得到。我从来没有见过她穿瑜伽服以外的衣服。是她黑色的眉毛和大大的浅褐色眼眸吸引了我——那双眼睛不光是盯着你看，它们分明是在向你索要什么，并且在你身上逡巡不去，仿佛真的在期待一个答案，而你却无言以对，一脸茫然，无法回答。不过，它们其实没有问你任何问题——那双眼睛流露出一种熟悉的神情，这属于那些记得你的人，表明她在努力回忆你从哪儿来，而她眼中流露出的一丝戏谑只是她的表达方式，是在嗔怪你并没有帮着她一起回忆，因为她看得出来你记得，但你假装不记得。绝大多数情况下我都能看出来，她的目光每一次落到我身上时都别有深意，就是这种目光，曾有那么一次，让我差点打破了我俩之间的沉默。那一次我看到她在电影院门口排队，和丈夫一起，正对他说些什么。突然间，她转过身来，看向我，在那短短一瞬，我们俩都没有挪开凝视的目光，直到我们认出彼此，表现出某种沉默的退缩，我们只是快速地点点头，权当是无声地打了个招呼，意思是，瑜伽，对吗？没错，瑜伽。

而后我们的目光就兀自跳跃开了。

此时此刻，米可和瑜伽教练决定到阳台上来抽支烟。教练引她发笑。我很喜欢听她笑，她很少开怀大笑——我们都鲜少这样笑。我从其他客人那儿讨来一支烟，加入了他们。"我们已经把所有烟灰缸都打包了。"妻子解释道，她手里握着一只空了一半的塑料杯子，在边缘处弹烟灰。"没有毅力。"瑜伽教练说自己。"我也没有。"她回答。他伸手拿她的杯子弹烟灰的时候，他俩都笑起来。我们又多聊了一会儿，直到某件全然出乎预料的事情忽然发生。

有人打开了钢琴，并且已经弹了起来，我马上就听出那是巴赫的曲子。我回到屋里，人群已经围在了钢琴边，聆听保罗弹奏，我应该猜得到这是哪首曲子，却并不想猜。有那么一瞬间，或许是因为我没想过会听到这首曲子，所以整个人动弹不得。我们已经把小地毯都运送回去了，因此钢琴的声音更加清晰、饱满，在空荡荡的公寓里回荡，他简直就像是在巨大但空无一人的殿堂里演奏。被遗忘于此的这架钢琴对他竟然有如此大的诱惑力，我本该想到的，却未曾想到，更想不到他竟然会弹奏我多年没有听过的曲子。

音乐兀自流淌了几分钟，而我唯一想做的就是走到他身后，捧住他的脑袋，亲吻他裸露的脖颈，求他，求他，求他再弹一遍。

似乎没人知道这首曲子，保罗弹完之后，房间里的人肃然起敬，一片沉静。最终他的男朋友劈开人群，极其温柔地将手放在他的肩膀上，很可能是让他不要再弹了，结果保罗置之不理，反而突然弹起一段施尼特凯作品，来客哄堂大笑。同样也没人知道这首曲子，他又立马弹起《波希米亚狂想曲》里一段疯狂的音乐，大家全都笑到捧腹。

他弹到一半时，我决定坐在窗台下面暖气片的金属外壳上，艾丽卡走过来，挨着我坐下，沉默着，像只想要缩进壁炉台上小小容身处的小猫，同时又生怕打破或挪动了壁炉台上的瓷器。她唯一的举动就是转过头去，寻找她的丈夫，在这样做的时候，她任由自己的右胳膊肘搭在我的肩膀上。她的丈夫此刻正站在房间彼端，两只手里都握着酒杯，看起来不太自在。她冲他微笑，他则点头回应。我对他俩很好奇。把目光转回演奏者身上后，她还是没有将胳膊肘从我的肩膀上挪开。她知道自己在做什么，冒险又不够确定，可我的注意力已经完全无法集中在别处了。我很欣赏那种轻松应对肢体接触的态度，这种轻松来自性格当中的自信，有这种个性的人，无论在何处都能与他人建立良好的关系。这让我想起了年轻的时候，那时我认定，若我伸出手去触碰别人，他们非但不会介意，反而会非常希望我这么做。我感激这种心无芥蒂的信任，因此伸出手去，触碰了搭在我肩膀上的那只手，我短促而轻柔地捏了一下她的手，感谢她的友善，也知道我触碰她的手时，她必然会挪开她的胳膊肘。她似乎毫不介意，但马上就撤回了胳膊肘。一直待在厨房的米可走出来，站在暖气片旁，将手搭在我另一边的肩膀上，和艾丽卡的胳膊肘多么不同啊。

保罗的男朋友告诉他，别再弹了，是时候离开了。"他一旦开始弹琴，就没完没了，然后我就得扮演破坏派对的混蛋。"这一刻我站了起来，走向保罗，他还坐在钢琴边，我伸出手臂拥住他，说我听出来了，这是巴赫的随想曲，我完全不知道他竟然要弹这首曲子。

"我也不知道。"他说，他的惊讶忽然间那么坦率，那么真诚，让人深信不疑。他很高兴我听出来这是巴赫的随想曲。"这是巴赫在'亲爱的兄弟离开时'写的一首乐曲。你就要离开了，所以我才弹这首。如果你愿意的话，我可以再为你弹一次。"

多么贴心的男子啊，我心想。

"是因为你要离开了。"他又重复了一遍，每个人都听见了，声音之中纯粹的善意将我体内的什么东西一把撕碎，那是我无法在众宾客之中展现或表达出来的隐秘感情。

于是，他再一次弹奏这段随想曲。他是在为我弹奏，人人都是见证，他是为我而弹奏。令我心碎的是，我知道，他也一定知道，告别与启程就在眼前，最糟糕的是，几乎可以确定，我们从此再也不会相见。他所不知道，也不可能知道的是，就是这同一首随想曲，二十年前也曾有人为我弹奏过，而后，我也是转身离开的那一个。

你在听他弹琴吗？我问那个并不在场，却仍在我心中的人。

我在听。

你知道，你肯定知道的，这么多年来，我一直都在苦苦挣扎。

我知道，可我也一样。

你曾经为我弹奏的乐曲是多么可爱啊。

我仍想为你弹奏。

所以你没有忘记。

我当然没有忘记。

保罗弹琴的时候，我盯着他的面庞，无法不注视他的眼睛，他回望着我，风度翩翩，眼眸中是毫无防备的柔情，直抵我的内心深处。我知道，在描述属于我的人生时，一定会用到某些晦涩而诱人的词语，过去如此，现在或许依旧如此，但也可能永远不会再用到那些词语，选择权就在钢琴键盘和我自己身上。

保罗完成了巴赫随想曲的演奏，马上解释说他决定弹奏一首萨穆伊尔·法因贝格改编的合唱序曲。"不超过五分钟，我保证。"他转向自己的伴侣，说道，"但是这段短小的合唱序曲，"再次弹奏前，他先声明，"可以改变你们的人生。我觉得，每一次弹奏这首曲子时，我的人生都被改变了。"

他是在对我说吗？

他又怎么可能知晓我的人生呢？

可是，他显然已经知晓了——我也渴望他知晓。在他对我说出这些话的时候，音乐对我人生的改变显得无比清晰，而且我也已然感受到，我无法在几秒钟之内理解这些话，仿佛它们的含义永远与音乐绑在一起，和纽约上西区的一个夜晚绑在一起，在这个夜晚，一个年轻人将一首我此前从未听过的曲子介绍给我，而现在，我希望自己能一直听这曲子。也许他是指秋日的夜晚让巴赫的曲子更加明媚？抑或是在这间已经搬空的公寓里，失去的种种被人群重新填满，我本就很喜欢这些人，现在因为音乐的慰藉而更加喜欢他们了？又或者，音乐只是对生命这样东西的预言，生命变得更易感知，生命变得更加真实——或者更不真实——因为生命的褶皱之中嵌入了音乐与咒语？还是说，是指他的脸庞，只是他的脸庞，当时他坐在椅子上，仰起脸来看我，说，如果你愿意的话，我可以再为你弹一次？

又或者，他想表达的意思可能是这个：如果这段乐曲没能改变你，亲爱的朋友，它至少能让你想起某些深深烙印在心底的东西，可能你已经失去了回去的途径，但是那样东西从未走远，若是用正确的音符召唤，它仍会回应你，就像轻柔地唤醒一个沉睡已久的灵魂，只消用正确的手指轻轻一碰，再辅以每个音符间恰到好处的沉寂。我可以再为你弹一次。二十年前，也有人说过类似的话：这是我改编的巴赫。

我看了看身边坐在暖气片外壳上的艾丽卡，看了看坐在钢琴边的保罗，我也同样希望他们的人生因为今晚，因为音乐，因为我而发生变化。又或者，我只是希望他们能从我的过去带回些什么，因为那是过往，或者形似过往的存在，就像记忆，或者不仅仅是记忆，而是埋藏更深的什么，仿佛生命中不可见的水印，而我仍旧未能看清它的本来面目。

他的声音再一次浮现。是我，不是吗？是我，你在寻找的，今晚的音乐所唤起的，正是我。

我看着这两个人，看得出他们并没有任何线索。我自己也没有任何线索。我已经能够预见，我们三人之间的桥梁注定脆弱不堪，并且今晚过后，这脆弱的通道极易分崩离析，顺流漂远，所有普洛赛克起泡酒、音乐、乔杜里医生的小点心所促成的亲密与欢乐将会消失无踪。一切很可能回到我们讨论牙膏或者嘲笑刻薄的瑜伽教练之前的样子，他们还是过去的他们，有一次瑜伽课后，我们刚凑在一起，她就说，顺便说一句，那个瑜伽教练的呼吸简直令人恶心。

　　此时此刻，在保罗弹奏的同时，我想到了在新罕布什尔的家，我向外张望，面对哈得孙河的夜景，想到一旦到家，未来的生活便一览无余，想到要清扫灰尘，为房子通风，因为儿子们都去上学了，所以在工作日仓促用晚餐时我们只能面对面枯坐，那里的一切都显得那么遥远，那么悲伤。我与妻子很亲近，却也很疏远，我们曾拥有不计后果的激情、狂喜，曾疯狂大笑，冲进阿里戈夜间酒吧，点上薯条和两杯马提尼，而经年累月之后，这一切消失得多么迅速。从前我以为婚姻会将我们拴在一起，我也将翻开人生的新一页。我以为，离开孩子，单独在纽约生活，会再次让我们融为一体，可我只是更靠近了音乐，靠近了哈得孙河，靠近了这两个人。对这两个人我一无所知，对他们的人生、他们的克利夫、他们的伴侣或者丈夫也丝毫不在意。相反，随着合唱序曲弥漫房间，越来越响，我的思绪飘向了别处，每当我喝了点酒时，我总能听见钢琴的声音劈开汪洋大海，穿越经年累月的时光，带我来到一架古老的施坦威钢琴前，有人在弹琴，就像今晚来自

234

巴赫的精神召唤，在这如不毛之地的客厅里盘桓，提醒我：我们一如从前，我们从未改变。在这样的时刻，他总是这样对我说话，我们一如从前，我们从未改变——每一个发音都充满个人特色，曲折变化间尽是戏谑、慵懒。五年前他就说过这样的话，那时他到新罕布什尔来看我。

每一次我都试图提醒他，他并没有理由原谅我。

但他只是淘气地大笑，轰开我的抗议，从不生气，保持微笑，脱下衬衫，穿着短裤坐在我的大腿上。他大腿分开，跨坐在我腿上，双臂紧紧搂住我的腰，而我则努力把注意力集中在音乐和我身旁的女人身上，他则仰起脸来看我，好像马上就要吻上我的嘴唇，他轻声低语：你这个傻瓜，需要他们两个人才能合成一个我。我可以成为男人，也可以成为女人，或者同时成为这两者，因为过去，你对我来说就是这两者的合体。找到我，奥利弗，找到我。

此前他已经拜访过我无数次，但没有一次像这次一样，像今晚一样。

说点什么，拜托你告诉我更多东西，我想这样说。若我放任自己，那我可以用谨慎的言语接近他，迈出羞怯的步伐，一点点伸出手去。今晚我已然喝了太多，喝得坚信他什么都不想要，只想听到我的消息。这想法让我兴奋，音乐让我兴奋，钢琴边的年轻人也让我兴奋。我想打破我们之间的沉默。

总是你先开口。和我说些什么吧。已经凌晨三点钟了。你在哪里？

你在做什么？你孤身一人吗？

你说了三言两语，所有人便黯然失色，退居其次，包括我自己，我的人生，我的工作，我的房子，我的家庭，我的朋友，我的妻子，我的儿子，希腊火和希腊三列桨座式战船，还有和保罗先生、艾丽卡女士之间的小小浪漫，所有一切都变成了电影画面，直到生命本身成为一种娱乐。

所有一切都是，都是你。

我唯一所想的只有你。

今晚你在想着我吗？我吵醒你了吗？

他没有回答。

"我觉得你应该跟我的朋友凯伦聊聊。"米可说。我拿凯伦开了个玩笑。"我觉得你喝得太多了。"她厉声说。

"我觉得我还要再喝一点。"我说着转向那对研究第三帝国时期犹太侨民的专家夫妇，也不知道为什么，我忽然哈哈大笑起来。这间公寓马上就要成为我的"前"居所了，这两个人到底在这里做什么？

我又端起一杯普洛赛克起泡酒，老老实实走过去同米可的朋友交谈，但是我一看到那对研究第三帝国时期犹太侨民的专家，又忍不住大笑起来。

很显然，我确实喝得太多了。

我又一次想到我的妻子，还有远在学校的儿子们。在家里的每一天，她都埋头写书，写了就让我看。她说，等我们回到小小的大学城，整个学年都要穿着雪地靴，穿雪地靴上课，穿雪地靴看电影，吃饭，参加学院会议，进浴室，上床，到那时，今晚的一切都将是另一个时代的事情。艾丽卡会成为过去，保罗也会被锁在过去，而我呢，不过是紧紧依附于墙壁的影子，明天就会消失无踪，但还是不愿放手，就像一只苍蝇，在必然将之吹走的微弱气流里苦苦挣扎。他们会记得吗？

保罗问我为什么要笑。

"我一定很开心，"我说，"或者喝了太多普洛赛克起泡酒。"

"我也是。"

这让我们仨笑个不停。

在听过随想曲和合唱序曲之后，在享用过源源不断的吐司和所有的普洛赛克起泡酒之后，我记得，当我去客房帮艾丽卡找她的开襟毛衣时，出现了片刻的尴尬。两名客人业已离去，其他人则集结在走廊里，等待着。房间里只有我们二人，于是我告诉她，她的到来让我非常开心，我原本可以让彼此间的静默再持续得久一些。我感觉到了她的紧张，但我也知道，她不会介意再这样待几秒钟，不过我决心已定，不愿再把事情往前推进。等我反应过来的时候，我已经吻了她裸露的脖子作为告别，而不是吻脸颊。她微微一笑，我也笑了。我的微笑意味着抱歉，她的则意味着宽容。

等到要跟他说再见的时候，我表示要同他握握手，但我还没触碰到他的手，他就先拥抱了我，拥抱时我很喜欢他的肩胛骨，而后他亲吻了我两边的脸颊。他的男朋友也用同样的方式亲吻了我。

我很高兴，很兴奋，也很沮丧。我站在门口，目送他们四人走下楼梯。我再也不会见到他们了。

我想从他们那里得到什么呢？是希望他们喜欢上彼此，这样我就能坐下来，慢悠悠地喝上更多普洛赛克起泡酒，再决定要不要加入他们的小团体？还是说，我同时喜欢着他们俩，无法决定两人之中我究竟更想要谁？抑或是，我其实谁都不想要，却要让自己觉得想要，不然在审视人生时，我就会发现那遍布巨大而荒凉的陨坑的人生又走向了那段被阻挠、被破坏的爱，那天晚上早些时候，我告诉过他们关于这段爱的故事。

米可和她的朋友凯伦正在厨房里收拾。我告诉过她们别管这些盘子。凯伦直截了当地提醒我，她很愿意再跟我聊聊。"或许很快？"她说。"等我回到城里的时候？"我说。我在撒谎。

米可送她到电梯口，而后回来，上床睡觉前她想再稍微收拾一下。我告诉她不用操心。

"很不错的派对。"她说。

"非常美妙。"

"所以，那两个人是谁？"

"孩子。"

她给了我一个心领神会的微笑："我要上床了，你来吗？"

"我得做清洁，"我说，"但很快我就会过去。"

我花了些时间把一些塑料餐盘放进两个包装袋里，是打包行李时剩下来的。正当我准备关掉客厅的灯时，我看到靠墙的桌子上放着一包烟，公寓里唯一的烟灰缸就在旁边搁着，很可能是凯伦的烟。我抽出一根，点燃，关掉所有的灯，把烟灰缸拿到旧沙发上来，放在身边。这沙发已经不再属于我们，四把椅子也会留下来迎接新的主人。我将脚跷到其中一把椅子上，开始回味那段随想曲，想起很久很久以前我曾听过它，而后，在这半明半暗的客厅里，我看向窗外，看到一轮满月。我的上帝啊，多么美丽的月轮。我越是盯着它看，就越是想对它说话。

我没有改变你的人生吧，是不是？亲爱的约翰·塞巴斯蒂安[1]说。

恐怕没有。

为什么没有呢？

那些我不知该如何问出口的问题，音乐并没有给我答案。它没有告诉我，我想要什么。它提醒我，我可能还陷在爱里，虽然我不再确定我是否明白那意味着什么，陷在爱里。我一直都在想着他人，虽然我伤害的人远比我关心的人多。我甚至无法描述自己的感受，虽然我仍能感受到什么，哪怕那种感觉更像是一种缺失感，一种失落感，甚至可能是失败感，麻木感，或者全然无知无觉。我曾对自己无比肯定，觉得我什么都了解，也了解自己，当我闯入他人的人生时，他们喜欢

---

1 即巴赫，其全名为约翰·塞巴斯蒂安·巴赫。

我伸出手去触碰他们，甚至从未询问也从未怀疑过他们可能并不欢迎我。音乐提醒了我生命原本是什么样子，却没有改变我。

或许，正如那位天才所说，音乐并没有让我们改变多少，伟大的艺术也是一样。它们反而是在提醒我们，无论我们如何宣称，如何否定，我们都知道自己究竟是什么样子，并且注定要一直保持这样。它让我们想起那些我们埋藏、隐藏并最终丢失的里程碑，让我们想起谎言之下我们始终看重的那些人和事，无论岁月如何变迁。音乐就是我们自己的悔恨之音，它转化成抑扬顿挫的旋律，搅动喜悦与希望的幻觉。它是一张确定无疑的通知单，提醒我们来世上走一遭不过须臾之间，而我们忽视了、欺骗了，甚至，辜负了自己的人生。音乐是我们未经历的人生。你过着错误的生活，我的朋友，几乎损害了真正属于你的人生。

我想要什么呢？你知道答案吗，巴赫先生？世上是否有所谓正确的人生和错误的人生呢？

我是个艺术家，我的朋友。我不给答案。艺术家只知道提问。再说了，你也已经知道答案了。

在一个更好的世界里，在沙发上，她会坐在我的左边，他则坐在我的右边，烟灰缸近在咫尺。她踢掉鞋子，将脚搭在我的脚边上，搭在茶几上。我的脚，最终，感觉到我们全都在盯着她，她开了口，很丑的脚，是不是？一点也不丑，我说。我握住他俩的手，而后松开一只手，只是为了能够抚摸他的额头。

数小时之前，我在把酒瓶放进冰桶时，为何有那么多的计划，那么多的打算，并且那样焦虑不安？我的注意力全都集中在他们的阿喀琉斯之踵上：她的脚后跟，当她脱掉鞋子，把两只脚都放在茶几上时；他的脚后跟，夜晚刚刚开始时他走进来，我就发现他是光脚穿着船鞋。我无法想象他的双脚有多么修长，多么光滑，多么精致。过了一会儿，他也脱掉了鞋子，将双脚搭在茶几上，纤细的褐色脚踝搭在另一只脚的脚踝上。看看我的脚，他说着猛地动了动其中一只脚的脚趾头。我们笑起来。男孩的脚，她说。我知道，他回答。

我很清楚，我早已爱上了他们俩，我也说不清是一起爱上，还是单独爱上。夜晚刚刚来临时我曾想象过一个场景，在一间厨房里，我着手为我们准备早餐，我觉得这画面毫不牵强，这幻想让我想起了意大利的一所房子。

我想到米可，这里并没有她的一席之地。意大利是我们从未讨论过的章节，可她什么都知道。她知道终会有那么一天——她就是知道，或许比我更清楚。我曾经想和她说说我的老朋友们，说说他们在海边的房子，说说我在那儿的房间，说说房子的女主人，多年前她就像我的母亲，如今却已痴呆，记不起自己的名字，也记不起她的丈夫。丈夫去世之前和另一个女人一起住在那栋房子里，那个女人和七岁的儿子一起，仍旧住在那里，我无比想见她儿子。

我得回去，米可。

为什么？

因为我的人生停滞在了那里。因为我从未真正离开过。因为一直以来，残留的这部分自我就像一只蜥蜴的断尾，胡乱拍打，而身体呢，留在了大西洋的另一端，在那栋无与伦比的海边房屋里。我已经离开太久太久了。

你是要离开我吗？

我想是的。

也要离开孩子们？

我永远都是他们的父亲。

什么时候？

我不知道，很快吧。

我没有办法说出我很吃惊这种话。

我明白。

还是那天晚上，客人离开，米可回到床上后，我关掉了玄关处的灯，正要关上通往阳台的落地窗，忽然想起该吹灭蜡烛。我又走到外面，面朝河流站定，两只手搭在栏杆上，今晚早些时候，我、艾丽卡和保罗正是站在此处。我放眼远眺，目光越过水面。我喜欢哈得孙河对岸的灯火，我喜欢清新的微风，我喜欢每年此时的曼哈顿，我喜欢视野中的乔治·华盛顿大桥，我知道，一回到新罕布什尔我就会想念这片风景，此时此刻，在这个夜晚，这闪烁的灯光一直延伸到夜晚的意大利，让我想起蒙特卡洛。很快，纽约上西区就会冷起来，会有连绵不断的阴雨天，但这里的天气终会晴朗，当这座不夜城冰冷刺骨时，人们仍旧会在午夜时分上街游荡。

我将折叠躺椅拖回原位，从地板上捡起半空的酒杯，同时发现了另一只酒杯，被当作烟灰缸使用，里面盛满烟蒂。有多少人来阳台上抽过烟呢？瑜伽教练，凯伦，米可自己，我在研讨会上结识的研究第三帝国时期犹太侨民的专家夫妇，素食主义者们，还有谁？

此时此刻，在我赞叹眼前风景，凝视两艘拖轮静静溯流而上时，我想到五十年后的某一天，肯定会有某个人走到这阳台上来，站在这里，赞叹同样的风景，产生相似的感悟，但那个人不再是我。他会是十几岁还是八十岁？他会是我现在这个年纪吗？他会像我一样仍渴望旧日那段独一无二的爱情吗？就像五十年前的我一样，努力不去想某个始终渴望被爱的未知之人？这么多年来我一直让自己不要去想，我一直在努力，也一直在失败。

过去，未来，不过都是面具而已。

而他们俩，艾丽卡和保罗，又指向怎样的故事情节？

万物都是一段故事，而人生则是障眼法。

真正重要的是未能经历的另一段人生。

我仰头去看月亮，想问一问我自己的人生如何，可是我还没将问题准备好，她就已经给出了回答。二十年来，你一直在经历一个死人的人生，这无人不知。就连你的妻子，你的孩子，你妻子的朋友，以及你在研讨会上结识的那对研究第三帝国时期犹太侨民的专家夫妇，他们都能从你的脸上看出来。艾丽卡和保罗也知道，那些研究希腊火和希腊三列桨座式战船的学者也知道，就连那些死在两千年前的前苏格拉底学派哲学家也看得出来。唯一不知道的只有你自己，但是现在，就连你自己也知道了。

你一直都不够忠诚。

对什么事不忠？对谁不忠？

对你自己。

我想起几天前，去采购纸箱和胶带时，我一眼看到街对面有个我认识的人。我冲他挥了挥手，可他并没有挥手回应，而是继续赶路，但我知道，他肯定看见我了。或许他是对我失望了吧，但是为何失望呢？片刻之后，我看到系里的一个同事朝书店走去。我们在路边的水果摊相逢，他明明是朝我这边看的，结果却没能还我一个微笑。过了一会儿，我又在人行道上瞧见同住一栋楼的邻居，我们经常在电梯里寒暄，当我表示认出了她时，她却什么话也没说，没有点头回应我。忽然间我意识到，唯一说得通的解释就是我已经死了，而死亡正是这样：你看得到别人，别人却看不到你，更糟糕的是，在你死去的那一刻，你永远陷在了当时的自我里——买瓦楞纸箱，你永远也无法变成你本该成为的那个人，你知道那才是真正的你，你让自己的人生偏离了航线，却再也无法纠正这个错误，此时此刻，你永远困在了原地，要一直做最后这件蠢事，买瓦楞纸箱和胶带。我四十四岁了，我已经死了——可还是太年轻了，不应该这么早就死去。

关上窗后，我又一次想到了巴赫的随想曲，在脑中默默吟唱起来。总有这样的时刻，我们孤身一人，思绪却飘然远游，直面永恒，准备好鉴定那所谓的"我们的人生"，鉴定我们做过的一切，做了一半的事情和未能着手的事情。亲爱的巴赫说我早已知道这个问题的答案，可我的答案会是什么呢？

一个人，一个名字——他知道的，我想。就是现在，他知道，他依然知道。

找到我，他说。

我会的，奥利弗，我会的，我说。或者说，他已经忘了吗？

可他还记得我刚刚做过的事情。他看着我，不言不语，我看得出来，他为之动容。

忽然之间，那一首随想曲在我的脑海中激荡，还有一杯酒和来自凯伦的另一支烟，我希望他能为我弹奏这段随想曲，接上他以前从来没弹过的合唱序曲，为我弹奏，只为我。我越思念他的演奏，眼眶就越湿润，也许是酒精还在起作用，也许是因为我的心，没关系，我唯一的渴望就是马上听到来自他的声音，在落雨的夏日夜晚，在海边的房子里，他在属于他父母的施坦威钢琴上弹奏这段随想曲，我会手握酒杯，坐在钢琴边，和他在一起，不再这样形单影只，待在对我或对他没有丝毫了解的陌生人中间，我已经孤单了太久太久。我会请求他弹奏这段随想曲，他的弹奏让我回想起这个夜晚，当我吹熄阳台上的蜡烛，关掉客厅里的灯，点燃一支烟时，在我的人生当中，终于有这么一次，我知道自己想去何处，该做何事。

它会如第一次那般发生，第二次、第三次也是一样。编造一个他人和自己都会相信的理由，坐飞机，租辆车，或者雇个人带我过去，驱车行驶在熟悉的路上。多年后的今天，那些路可能已经变了样，也可能没什么变化，正如我记得那些路，那些路也同样记得我，眨眼间，一切都在眼前了：旧日的松树小巷，车子缓缓停下，轮胎下的鹅卵石发出熟悉的嘎吱嘎吱声，接着便是那栋房子。我抬起头，觉得房子里空无一人，他们不知道我要来，尽管我已经写过信说了此事，但我敢肯定，他在，在等我。我告诉过他不要等。我当然会等，他回答。在那句当然里，我们之间的时光匆匆回潮，因为其中有一丝微妙的讽刺，我们在一起的时候他总是用这种方式讲自己的心里话，意思是你知道我永远都会等你，哪怕你凌晨四点到达。这么多年来我都在等待，所以现在，你竟然觉得我不能再多等上几个小时吗？

等待是我们这辈子一直在做的事，在你我的世界里，我们各居一端，等待让我站在地球这一端，回想起巴赫的音乐如何婉转流淌，让我的思绪能够游离到你身边。我只愿一直想着你。有时候，我都不知道谁才是满怀思念的那个人，是你还是我。

我在这儿，他说。

我吵醒你了吗？

是的。

你介意吗？

不介意。

你现在是一个人吗？

这很重要吗？不过，是的。

他说他变了，可他并没有。

我还在跑步。

我也是。

我酒喝得更多了点。

一样。

但睡眠不足。

一样。

焦虑，有点抑郁。

一样，一样。

你要回来了，是不是？

你怎么知道？

我知道，埃利奥。

什么时候？**埃利奥问。**

几周之内。

我希望你回来。

你这么想？

我知道。

我不会按原计划走那条绿树成荫的小巷，相反，飞机会在尼斯落地。

那我开车去接你，中午之前，和第一次一样。

你还记得。

我记得。

我想看看小家伙。

我有没有告诉过你他的名字？爸爸给他起了你的名字，奥利弗。他从来没有忘记你。

那里一定很热，没有一丝阴凉，但迷迭香的气味将四下弥漫，我能辨认出斑鸠的咕咕低语声，房子后面会有一大片野生薰衣草，向日葵扬起迷迷糊糊的大脑袋，面朝太阳。游泳池，据说"死也要看"的钟塔，皮亚韦河战争纪念碑，网球场，通往岩石海滩的摇晃大门，下午的磨刀石，永不停歇的蝉鸣，我和你，你的身体和我的身体。

若是他问起我要待上多久，我会和他说实话。

若是他问我要睡在什么地方，我会和他说实话。

若是他问。

可他不会问的，他没有问的必要，他什么都知道。

第四章　返　始[1]

　　"为什么是亚历山大？"奥利弗这样问我。那是到那里的第一个晚上，我们在海滨大道驻足，目睹太阳坠落在防波堤的另一边。海边弥漫着鱼的味道、盐的味道，长满蕨类植物的静水气味异常浓烈，但我们还是继续驻足在步行道的延长线上，就在希腊房东位于亚历山大的房子对面，我们盯着的地方人人都说曾有灯塔耸立。我们的房东一家八代生活于此——他们坚持说，灯塔绝对不可能在别的地方，只可能在卡特巴城堡所在之处，但是没人能确定。与此同时，渐渐坠落的太阳映入我们眼中，它豪放地为远处的景物涂上颜色，不是粉色，也不是柔和的暗橙色，而是明亮、醒目的橘红色。我们俩都不曾见过天

1　在音乐演奏中指从头重复演奏乐曲。

空中的这种颜色。

为什么是亚历山大？这一问有太多意味：可以是为什么这个地方现在是西方历史的核心地带？也可以是某些异想天开的问题，比如我们为什么选择来这里？我的回答恐怕会是，因为这里的一切对我俩而言都意味着万事万物——以弗所、雅典、锡拉库萨，而这一切很可能在这里结束。我想到了那些希腊人，想到了亚历山大和他的情人赫费斯提翁，想到了图书馆、希帕蒂娅，最后想到了现代希腊诗人卡瓦菲，但我也知道，他为何要这样问。

我们离开意大利的家，参加了为期三周的地中海旅行。船在亚历山大停留两晚，扬帆归航之前，我们正在享受最后几天的旅程。一直以来我们都在渴望独处。房子里有太多人。妈妈搬来和我们共同生活，她现在已经不能上下楼梯，所以就住在一楼的房间里，离我们的房间很近；然后是她的家庭护理员；接着还有米兰达，不旅行的时候她就住在我从前的卧室里；最后，还有小奥利弗，他的房间就在米兰达的旁边，曾经是我祖父的卧室。我和奥利弗用的是从前父母的卧房。我敢肯定，要是你半夜咳嗽的话，所有人都能听见。

在意大利的时候，刚开始事情也没有我们想象得那么简单。我们知道一切将会不同，但是却不明白，我们明明迫切想要沉浸在多年前拥有的感情中，为何这种渴望却让我们不愿躺在一张床上。我们就在同一栋房子里——在一切开始的地方，可我们还是同样的我们吗？他试图怪罪时差，我随他去。他转过身去，我关掉灯，脱下衣服。我错将对失望的恐惧当成怕他失望的恐惧，这让我更加苦恼。我知道他和我想的一样，最终他转过身来，说："埃利奥，我有太多年没跟男人亲热过了。"说罢又哈哈笑着补充道，"我可能已经忘了该怎么办。"我们期待欲望能够消弭彼此间的不同，但尴尬的感觉并没有退散。在黑暗中的某个时刻，我感受得到我们之间的沉重气氛，我甚至提议说聊天或许可以驱散一直束缚着我们的东西。我是否一直都在不知不觉地疏远他呢，我问道。不，一点也不远。我很难搞吗？难搞？不。那是怎么回事？

"时间。"他回答，一如往常，言简意赅。他需要时间吗，我问道，已经准备好在床上远离他。不，他答道。

我花了点时间才明白他要表达的是，那么多的时间已经流逝。

"抱着我。"最终，我这样说。

"然后看看会发展成什么样？"他见缝插针地打趣我，每一个词都说得抑扬顿挫，充满反讽意味。我看得出他很紧张。

"没错，看看会发展成什么样。"我重复道，想起五年前的下午，我造访了他的课堂，他伸出手掌抚摸我的脸庞。只要他开口，我马上就能跟他上床，所以他为什么没有开口呢？"因为你会嘲笑我的。因为你可能会拒绝。因为我不确定你是否原谅了我。"

那天晚上我们没有亲热，但我枕着他的手臂，聆听他的呼吸，安然入睡。这么多年过去了，我依然能够辨认出他的鼻息，清清楚楚地知道，我终于和我的奥利弗躺在了床上，哪怕我们放开彼此，也没有谁会离开，是这个念头让我真正意识到，尽管已经过去了二十年，可我们俩依然是很久以前同在这片屋檐下的那两个年轻人，一点也不曾老去。早上他看了我一眼。我不希望用沉默来填补我们之间的罅隙，我想要他说话，可是他并不打算说话。

"今天早上……或者这是为了我吗？"最终我问道，"因为此时此刻，我是真实的。"

"我也一样。"他说。

我记得他喜欢怎样的开头，但他自己却未必记得。"我只和你这样做过。"他说道，证明我们彼此心知肚明的事情，接着补充道，"可我还是很紧张。"

"我可从来不知道你还会紧张。"

"我知道。"

"我也必须告诉你一些事情——"我开口了，因为我希望他知道。

"什么事？"

"我为你保留了这一切。"

"那要是我们永远也无法重逢，那该怎么办？"

"那种事永远不可能发生。"我情不自禁地说，"你知道我是怎样的人。"

"我知道。"

"所以你没忘。"

他微微一笑，没有，他没忘。

黎明时分，亲热之后，我们如同几年前一样，去游泳。

游泳回来后，整栋房子依然深陷沉睡之中。

"我来煮咖啡。"

"我很想喝咖啡。"他说。

"米兰达喜欢那不勒斯咖啡，这些年来我们都是这么煮咖啡的。"

"挺好。"这就是他去洗澡时抛下的唯一回答。

灌满咖啡壶后，我开始烧水煮鸡蛋。我放下两张餐垫，一张放在餐桌比较长的那一边，另一张放在短的那一端，而后我放了四片面包在多士炉里，但并没有启动。等他洗完澡回来的时候，我让他盯着点咖啡，但咖啡煮好的时候千万别马上关掉咖啡壶。我喜欢他此刻的头发，梳理过，但仍旧湿漉漉的。我已经忘记了早上他给我的那个眼神。不到两个小时之前，我们还不太确定，不知是否还会再次亲热。我停下准备早餐的手，看着他。他知道我在想什么，脸上缓缓浮现出微笑。没错，恫吓我们的忧思已经被我们抛在身后，仿佛是为了证明这一点，在离开厨房去洗澡前，我在他的脖子上贪婪地吻了好一会儿。"已经有很长时间没人这样吻过我了。"他说。"时间。"我说，用他的说法来打趣他。

等洗完澡回到厨房后，我惊讶地发现奥利弗和奥利弗并排坐在了餐桌边，于是我在沸水里为我们三个放下了六只鸡蛋。他们讨论起昨天晚上在电视上看的电影，很显然，小奥利弗对奥利弗一见倾心。

我给大家的热面包片涂上黄油，看着奥利弗为小奥利弗敲开最顶上的蛋壳,而后也敲开自己的。"你知道是谁教我这么做的吗?"他问。

"谁?"小家伙问道。

"你哥哥。以前,他每天早上都为我敲开蛋壳,因为我不知道该怎么敲。在美国,没人教你这些。我也这样为我的两个儿子敲蛋壳。"

"你有儿子?"

"是的,我有。"

"他们叫什么呀?"

他告诉了小奥利弗。

"你知不知道你的名字是从谁那里来的呢?"最终,奥利弗问。

"知道。"

"谁?"

"你。"

我一听到最后这几个字,喉咙便一阵阵发紧。这些话强调了太多太多我们没有说出口的事实,也可能是还没来得及说,抑或是不知该如何启齿,然而,该来的还是来了,就像最后一个和弦终结了尚未结束的主旋律。已经过了这么久,这么多年,谁又知道,最终有多少时光会被证明是浪费掉了,我们永远也无从得知,我们是否本可能变成更好的人。难怪我被感动了,这孩子就像我们俩的孩子,他似乎带来了一个非常肯定的预言,一切忽然变得无比清晰——因为给孩子起名为奥利弗是有原因的,因为奥利弗自始至终都是我的血亲,一直住在这栋房子里,是这个家也是我们生活的一部分。他早已存在于这个家中，在来到我们身边之前，在我出生前，在祖先建造这栋房子之前，从那时一直到现在，在那漫长的名为时间的旅程之中，我们错失的年月不过是一个小插曲。太长时间，太多岁月，我们触碰过又留在身后的所有生命，这一切原本很可能不会发生，可又确实发生了——时间，正如那天半夜，我们拥抱和上床睡觉之前他说的那样，时间一直都是我们为未曾经历的人生所付出的代价。

我走到他身后，给他倒咖啡，忽然间想到，今早亲热之后我不应该洗澡，我希望他的每一丝痕迹都烙印在我身上。到目前为止，我们还没有就破晓时的亲热交流过，我渴望听他重复亲热时对我说过的话。我想将我们晚上的事情告诉他，我是多么肯定，我们绝对没有自己宣称的那样睡梦沉酣。如果不言不语，我们的夜晚将悄然消失，正如他本人也能悄然消失一样。我不知道自己着了什么魔，但是给他倒完咖啡后，我降低声音，几乎吻到了他的耳垂。"你永远也不会回去了。"我低语，"告诉我你不会离开了。"

他无声地抓住我的手臂，一把将我拉到座椅上。"我不会离开，别再那样想了。"

我想告诉他二十年前都发生了什么，好的，坏的，令人喜出望外的，糟糕透顶的，总会有时间来说这些的。我想让他了解最新的情况，让他知道一切，正如我也想知道关于他的一切。我想要告诉他，在他来到我们当中的第一天，当看到他白花花的胳膊时，我唯一渴望的就是被那双手臂拥抱，用我赤裸的腰身去感受它们。几个小时前，躺在床上时，我对他说起过一些："你一直在西西里岛上进行考古挖掘，双臂晒成棕褐色，我第一次注意到是在餐厅里——可是你胳膊内侧却一片雪白，饰以静脉，像大理石，看上去是那么易碎。我渴望亲吻你的每一条手臂，舔舐每一条手臂。""哪怕过后伤痕累累？""哪怕伤痕累累。你现在能抱住我吗？""看看事情会发展成什么样？"他反问。那天夜里我们拥抱着彼此，没有进一步动作，这感觉也很好。他肯定看穿了我的想法，因为就在这时，他伸出一条手臂，越过我的肩膀，将我拉向他，而后，他转过身对小男孩说："你的哥哥是个完美无缺的人。"

小家伙看着我们："你这样认为？"

"你不这么想吗？"

"没错，我也这么想。"小家伙笑了。他知道，正如我知道奥利弗也知道，反讽是这个家里的通用语言。

而后，毫无预警，小家伙问："你也是个好人吗？"

就连奥利弗都被触动了，屏住了呼吸。这孩子是我们的孩子，我们俩都知道，而我早已不在人世的父亲也同样知道，一直都知道。

"你能相信古老的灯塔曾耸立在这儿吗？我们此刻站的地方距离那儿都不到十分钟路程。"

这是我们在亚历山大的第二个夜晚，之后就要去那不勒斯——这是我们送给自己的礼物，或者如米兰达所说，是我们的蜜月旅行，在奥利弗开始在罗马大学任教之前。但是，当我们驻足观望太阳，观望一个个家庭、一群群朋友，以及沿着海滨大道散步的所有人时，我想问问他，是否还记得我们曾经共同坐在岩石上，远眺夜幕下的大海，就在他回纽约前几天。是的，他记得，他说，当然记得。我问他是否回忆起我们在罗马共度的时光，那时我们一起探索这座城市，直到凌晨。是的，他也同样记得。我正想说，那段旅程改变了我的整个人生，不只是因为我们自由自在地一起挥霍时光，更是因为罗马允许我品尝作为艺术家的人生，这是我所渴望的生活，彼时我还不知道那也是我注定要过上的生活。在罗马的第一个晚上，我们喝得酩酊大醉，却难以入睡。我们见了太多诗人、艺术家、编辑、演员。可是他阻止了我。"我们不要从过去汲取养分，好不好？"他的话一贯简明扼要，他询问我，告诉我，我这是误入歧途，对未来没有任何好处。他是对的。"我不得不割断缆绳，焚毁桥梁，我知道我将为此付出惨重的代价，但我不想回头。我已经有了米可，你已经有了米歇尔，正如我曾爱过一个年轻的埃利奥，而你也爱过一个年轻的我。是他们让我俩成为今日的我们。我们不要假装他们不曾存在，但我也不想回望。"

当天早些时候，我们去了卡瓦菲的家，那条街曾经叫莱普修斯街，后来更名为沙姆沙伊赫街，如今则名为 C. P. 卡瓦菲大街。这座城市建立于耶稣降临前三百年，它总是无法决定到底该给自己的街道取个什么名字，我们为此嘲笑它。"这里的每样东西都有多层含意。"我说，他没有回答。

我们走进闷热的公寓，这里曾是伟大诗人的旧居，让我顿生惊讶的是奥利弗轻松说出了完美的希腊语，同接待人员打招呼。他是什么时候，又是怎么学会现代希腊语的？他的人生之中，还有多少事情是我所不了解的？而我的事情，又有多少是他所不了解的？他上过一个速成班，他说，但真正奏效的是他与妻儿一起在希腊度过的假期。小家伙们马上就学会了这门语言，但妻子总是待在屋中，在阳光照耀的平台上阅读德雷尔兄弟的作品，同时从不会说英语的女清洁工那里学来零零碎碎的希腊语。

　　卡瓦菲的公寓如今是个临时博物馆，即便开了窗也显得毫无生气、杂乱无章。其实这片区域本身就毫无生气。我们进去时，屋里有微弱的光线，街上飘来零星声响，房间里的死寂沉沉地压在闲置的旧家具上，这些家具极像是从某个废弃库房里捡来的。然而整间公寓还是让我想起了一首诗，是这位诗人的诗歌中我最喜欢的一首，诗里描述了一束阳光越过诗人的床第洒落下来的样子，那是诗人年轻时常和情人比肩而卧的床，当时诗人数年之后来此造访，所有的家具消失无踪，床也不在了，公寓变成了办公室，但是那曾漫过卧榻的一缕阳光却从未离开，永远留在了他的记忆之中。他的情人说过，会在一周之内回来，可他永远没再回来。我感受到了诗人的悲伤，那是极难摆脱的伤痛。

　　各种各样的廉价肖像照让我们俩都很失望，卡瓦菲严肃阴郁的面庞在墙上连缀成一排。为了纪念这次造访，我们买了一部希腊语诗集，在可以远眺海湾的古老希腊点心铺里一起读了起来。奥利弗开始向我大声朗读其中一首诗，先是用希腊语，然后自己仓促翻译了一下。我不记得自己读过这首诗，这首诗写的是意大利的一处希腊殖民地，希腊人称之为波塞多尼亚，后来被卢卡尼亚人更名为帕埃斯托斯，再然后被罗马人更名为帕埃斯图姆。希腊人定居于此，一个又一个世纪过去，一代又一代人更替，他们终于遗失了对希腊文化和希腊语言的记忆，反而接受了意大利的风俗习惯——除了一年之中的某一天，在那个仪式性的纪念日，波塞多尼亚人会用希腊音乐和希腊仪式来庆祝节日，每个人都倾尽所能，以唤醒那早已遗忘的先祖的习俗与语言，并意识到他们内心深渊般的悲伤。他们已经失去了瑰丽的希腊文化遗产，与希腊人惯于鄙视的野蛮人没什么分别。在那一天的日落时分，他们会轻轻怀抱残留的每一块希腊身份的碎片，却只能眼睁睁地看着它消失在第二天的日出时刻。

正是在那时，在我们享用各自的甜点时，奥利弗突然想到，就像波塞多尼亚人一样，今日极少数还在亚历山大的希腊人——我们的房东，博物馆里的接待员，点心铺里的年迈服务员，今天早上向我们兜售英文报纸的男人——无不接受了全新的风俗习惯，全新的爱好，同今天的本土希腊语相比，他们的语言略显陈旧过时。

但是奥利弗告诉了我一些事情，我这一生都不会忘记：在每一年的十一月十六日——我的生日，他虽然已经结了婚，并且是两个男孩的父亲，但还是会专门腾出时间来回忆他心中的波塞多尼亚，会去想，如果我们在一起了，生活会变成怎样呢。"我害怕我会渐渐忘记你的模样、你的声音、你的气味，甚至……"他说。多年来，这个仪式地点离办公室都不远，他可以在那里俯瞰整个湖面。在我生日那天，他会抽出一些时间，去那里思索我们未曾经历的人生——他和我在一起的人生。按照我父亲的说法，守夜无论持续多久都不够，而且不会对现实生活产生任何影响。但是最近，他继续说，或许是因为那一年他在别处，他意识到情况已经彻底转变，在一年中的其他日子里，他才是那个波塞多尼亚人，来自过去岁月的诱惑从未放过他，他什么也没有忘记，也不愿忘记，哪怕他不能写信或者打电话，看看我是否也同样不曾忘记。他知道，若是我们俩都没有找到彼此，唯一的原因便是我们从未真正分开过，无论我们身在何方，和谁在一起，遇到怎样的艰难险阻，而当时机到来时，他唯一需要做的只是到这里来，找寻我。

"你确实这样做了。"

"确实。"他说。

"真希望爸爸现在还活着。"

奥利弗看着我，沉默片刻，而后说："我也希望，我也希望。"

图书在版编目 (CIP) 数据

请以你的爱找寻我／（美）安德烈·艾席蒙（Andre Aciman）著；姚瑶译. ——
北京：外语教学与研究出版社，2020.8（2025.5 重印）
　ISBN 978-7-5213-2003-9

Ⅰ. ①请… Ⅱ. ①安… ②姚… Ⅲ. ①长篇小说－美国－现代 Ⅳ. ①I712.45

中国版本图书馆 CIP 数据核字 (2020) 第 157761 号

出 版 人　王　芳
策 划 人　方雨辰
项目统筹　张　颖
项目编辑　黄雅思
特约编辑　简　雅　王文洁
责任编辑　徐晓雨
责任校对　何碧云
封面手书　袁春然
封面摄影　宇　华
装帧设计　山川制本 workshop
出版发行　外语教学与研究出版社
社　　址　北京市西三环北路 19 号（100089）
网　　址　https://www.fltrp.com
印　　刷　山东临沂新华印刷物流集团有限责任公司
开　　本　880×1230　1/32
印　　张　8.5
版　　次　2020 年 9 月第 1 版　2025 年 5 月第 9 次印刷
书　　号　ISBN 978-7-5213-2003-9
定　　价　52.80 元

如有图书采购需求，图书内容或印刷装订等问题，侵权、盗版书籍等线索，请拨打以下电话或
关注官方服务号：
客服电话：400 898 7008
官方服务号：微信搜索并关注公众号“外研社官方服务号”
外研社购书网址：https://fltrp.tmall.com

物料号：320030001